聖剣学院の魔剣使い７

志瑞祐

MF文庫J

Contents

Demon's Sword Master of Excalibur School

口絵・本文イラスト：遠坂あさぎ

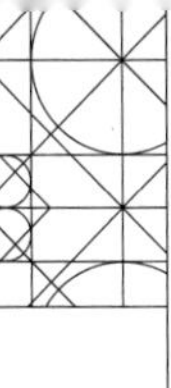

プロローグ

Demon's Sword Master of Excalibur School

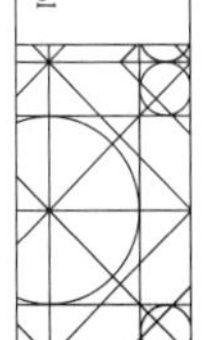

「……っ、まさか、〈海王〉、リヴァイズ・ディープ・シー!?」

〈竜王〉の声が、伽藍(がらん)の大広間に響き渡る。

　その少女は――

この〈天空城(アズール・フォート)〉の本来の主(あるじ)たる、竜王を冷徹に見下ろして――、

「〈竜王〉――何故(なぜ)ここにいる?」

　と、静かに声を発した。

「汝(なんじ)は〈六英雄〉に討たれ、永久凍土の大地に屍(しかばね)をさらしたはず――」

「……はあ?」

　ヴェイラは黄金色の瞳を爛々(らんらん)と輝かせ、玉座を睨(にら)み据(す)えた。

「それ、あたしの台詞(せりふ)なんだけど?」

　視線だけで、息の根を止めることができる。

　そんな竜王の絶死の視線を浴びてなお、少女は平然とそこにたたずんでいる。

　見るものすべてを凍(い)て付(つ)かせる、絶対零度の瞳。

　透き通った紫水晶(アメジスト)の髪は、ほのかな燐光(りんこう)を放っている。

水の羽衣を纏うその身体は華奢で、いかにも儚げに見える。

しかし――

〈竜王〉の眼光を平然と受け止めることのできるそれが、ただの少女である筈もない。

(……偽物ってわけじゃ、なさそうね)

ヴェイラはギリッ、と奥歯を噛みしめた。

――間違いない。玉座に座る少女は、彼女と同格の存在だ。

世界に破壊と混沌を撒き散らした、八人の〈魔王〉の一人。

魔海を統べる王。破滅の怪物。

〈海王〉――リヴァイズ・ディープ・シー。

(……どうして、こいつがあたしの〈天空城〉に?)

玉座の簒奪者を睨みつつ、ヴェイラは思考する。

なぜ、滅びたはずの〈海王〉が復活したのか。

(……ま、あたしやレオが復活してるんだものね)

〈海王〉が復活したとしても、さほど不思議ではない。むしろ、〈海王〉の規格外の力を考えれば、彼女が〈六英雄〉に敗れたことこそ不可解ともいえる。

――では、彼女は敵なのか、否か?

〈叛逆の女神〉の下に同盟を結んだものの、〈魔王〉同士は反目しあっていた。

〈魔王〉は、旧魔王〈ゾール・ヴァディス〉が滅びた後の世界で、覇を競い合う敵同士であり、誰もが互いの首を狙っていた。

事実、〈魔王軍〉が人類と〈六英雄〉に敗北を喫したのは、その反目の為(ため)だ。

(リヴァイズ、彼女とはこれといって対立関係にはなかったけれど)

〈魔竜山脈〉を本拠地とするヴェイラとは、支配領域が完全に異なっていたため、〈海王〉と対立することは、ほとんどなかったはずだ。

(……一体、何を考えているの?)

昔から、彼女の思考は読めなかった。

その氷のような面には、感情の色は一切窺(うかが)えない。

……なにも分からないのであれば、真正面から尋ねるまでだ。

「あんたこそ、ここでなにをしているの？　この〈天空城〉は、あたしの城よ」

と、〈海王〉は静かに首を振り、

「もはや、汝(なんじ)の城ではない。遺棄された廃墟(はいきょ)を、我が収奪した」

「……っ、ふざけないでっ！」

ヴェイラの紅蓮(ぐれん)の髪が、炎を孕(はら)んで燃え上がった。

火の粉が激しく舞い、石の床に落ちる。

「ここはあたしたち竜族の城よ！　竜の眷属(けんぞく)たちが、命懸けで守った場所——」

「汝は、この遺跡の本来の主では、ない」

「……なんですって？」

ヴェイラは低く唸り声を上げた。

「じゃあ、あんたが、この〈天空城〉の本来の主ってわけ？」

「――違う」

と、少女は首を振る。

「はあ？　何言って――」

瞬間。玉座の少女はスッと手を伸ばし、

「――〈氷烈連斬〉」

「……っ!?」

放たれた無数の氷刃を――

ヴェイラは咄嗟に、腕に纏う炎でかき消した。

じゅっ、と溶けて虚空に消える氷の刃。

紅蓮の髪が燃え上がり、ヴェイラの周囲に陽炎が立ち上る。

「あんた……灰になりたいみたいね」

「汝が現れたのは、理外の事象。予定を繰り上げる」

「予定ですって？」

聞き咎めたヴェイラが眉をひそめる、が——

ズオンッ、ズオンズオンズオンッ、ズオンッ！

激しい震動。大広間の石床を貫いて、無数の触手が出現する——！

「……っ、あいかわらず、会話の成立しない奴ね！」

ヴェイラは苦々しく吐き捨てた。

〈異界の魔王〉は、何を考えているかは理解不能であったが、意思の疎通は可能だった。

しかし、この〈魔王〉とコミュニケーションを取ることは不可能だ。

「まあいいわ、ぶん殴って、聞き出してあげる——」

ヴェイラは唇を舐めると、その手に纏う炎を灼熱の大剣へと変えた。

固有の竜魔術——〈灼光焔剣〉。

刃と為した竜の焔は、堅牢な石の壁さえも容易く斬り裂く。

フシュルルルルルルッ！

襲いかかる無数の巨大な触手。

ヴェイラは焔の剣を一閃。間合いに入った瞬間、そのすべてを消滅させる。

「リヴァイズ・ディープ・シー、この〈竜王〉を、舐めるなっ！」

ドラゴン・ロードの咆哮。解き放たれた焔が、玉座に座る少女を呑み込む。

——が、しかし。

「――〈水霊結界(リフライア)〉」

万物を灰にするドラゴンの焔(ほのお)は、水の障壁によってかき消されてしまう。

（……っ、さすがに、ここで戦うのは不利ね）

歯噛(はが)みしつつ、ヴェイラは認める。

単純な力でいえば、〈海王〉の力は〈魔王〉の中で最強――そう目されていた。

決して、その逆鱗(げきりん)に触れてはならない存在だと。

まして、彼女の領地たる海の底で戦うなど、愚の骨頂だ。

業腹(ごうはら)だが、この戦場は一時離脱するしかあるまい。

「――〈水神烈破砲(アルグ・ヴァルヘイズ)〉」

玉座のリヴァイズが、第八階梯(かいてい)魔術を放つ。

ドオオオオオオンッ！

直撃。ヴェイラの姿が水の大瀑布(だいばくふ)に呑(の)み込(こ)まれ――

次の瞬間。海を揺るがすような咆哮(ほうこう)が、〈天空城(アズール・フォート)〉に響き渡った。

大量の瓦礫(がれき)を吹き飛ばし、現れたのは――巨大な真紅の竜だ。

〈竜王〉――ヴェイラ・ドラゴン・ロードの戦闘形態。

ヴェイラは顎門(あぎと)を大きく開け、真上に向けて白銀の熱閃(ねっせん)を放った。

ズオオオオオオオオオオンッ！

広間の天井に、大穴が穿たれた。
巨大な翼をはためかせ、真紅のドラゴンは飛翔する。
〈天空城〉の展開する結界を突き破り、闇の支配する深海へ——
全身に纏う焔が海を引き裂き、螺旋の渦を生み出した。
大海原を突き抜けて、嵐の吹き荒れる空へ一気に飛び上がる。
空は、天空の覇者たるドラゴンの領域。〈海王〉も手出しは出来まい。
——と、激しく波打つ海面に、影が姿を現した。
無数の触手を蠢かせる、大陸と見まごうほどの巨大な影。
あれこそが、〈海王〉——リヴァイズ・ディープ・シーの本体だ。
一〇〇〇年前、海の王国ギーランの無敵船団を沈め、海洋文明を滅亡させた元凶。
(——跡形もなく吹き飛ばしてあげるわ、〈海王〉！)
鋭い牙を打ち鳴らし、ヴェイラは最強の竜語魔術を紡ぐ。
滅びの焔、世界の終末を告げる、愚者よ、我が咆哮を聞け——！
——〈覇竜魔光烈砲〉。
真っ白な閃光が空を塗り潰し、大海原を穿つ。
ズオオオオオオオオオオオオンッ！
巨大な火柱が天を焦がし、嵐雲を吹き飛ばした。

海が沸騰し、海洋生物の死骸があたりの海面に浮かび上がる。
顎門(あぎと)の隙間から、魔力光の残滓(ざんし)が噴き上がった。
無論、この一撃で、同格の〈魔王〉を滅ぼせるとは思っていない。
(……もう一発、キツイのお見舞いしてあげるわっ!)
——と、刹那。
ギイイイイイイイイイインッ——!
海の底より放たれた一条の閃光(せんこう)が、ヴェイラの翼を貫通した。
煮えたぎる竜の血がほとばしり、赤い血華が咲く。
(……なっ!?)
——〈海王〉の反撃?
(……いえ、これは……違う!)
海の底から、もう一つの巨大な影が浮上してくる——!
それは、紺碧(こんぺき)色に輝く、城の遺跡であった。
一〇〇〇年前、〈六英雄〉の猛撃の前に陥落した、天空の要塞——
(……まさか、〈天空城(アズール・フォート)〉を、起動した!?)
あり得ない出来事に、ヴェイラは黄金色の目を見開く。
〈天空城〉を制御できるのは、王たるヴェイラのみのはず。

簒奪者に過ぎない〈海王〉に、起動できる筈がない。
だが、あの閃光は――
(〈天空城〉の主砲――〈滅神雷撃砲〉！)
ザバアアアアアアアアアアアアア――！
紺碧の〈天空城〉が海を斬り裂き、空へ浮上した。
大気が震え、放射状の津波が広がる。
――と。
〈天空城〉の門の前に、ひとりの人影が立っているのを発見した。
(……っ、人間!?)
ヴェイラは喉の奥で唸りをあげる。
――そう、人間だ。
背の高い、壮年の偉丈夫で、軍服のような服に身を包んでいる。
(――あの人間が、〈天空城〉を起動したというの？)
ドラゴンの本能が、警告を発した。
無論、ただの人間であるはずもない。
なんにせよ――
(あたしを攻撃したってことは、敵ってことよね！)

ヴェイラは顎門(あぎと)を開き、灼熱(しゃくねつ)のブレスを容赦なく放つ。
——が、荒れ狂う紅蓮(ぐれん)の焔(ほのお)は、不可視の壁によって阻まれた。
(……〈天空城(アズール・フォート)〉の防衛機構!)
ヴェイラは苛立(いらだ)たしげに咆哮(ほうこう)した。
あの人間は、彼女以上に〈天空城〉の機能を使いこなしているというのか!?
「……——」
男は、なにごとか呟(つぶや)くと、ひとさし指をゆっくりとヴェイラに差し向けた。
(……っ、何を——くっ……あ、ああああああっ!)
突然、目の前が真っ白になり、意識が混濁する。
(……この〈竜王〉に、精神……支配、ですって……?)
魔術ではない。ドラゴンに並の魔術は効果がない。
この力は、なにか別の異質な力——
(……めが……み……ロゼリアの力なの?)
抵抗は無駄だった。白く、白く塗り潰されてゆく意識の中で——
——なぜか、あいつの姿が思い浮かんだ。
(……っ、なんでよ……なんで……あいつの、顔なん、て——)
……ル……グ、ル……オオオオオオオオオオオオッ!

真紅の竜の咆哮が、大気を引き裂いた。

◆

「伊達に〈魔王〉と呼ばれた存在ではない、か――私の〈聖剣〉を打ち破るとは」

〈竜王〉の飛び去った空を見据えつつ、白髪の偉丈夫は呟いた。

〈魔王〉といえど、彼の〈聖剣〉の力を打ち破ることはできない。

それは、最強の〈魔王〉――リヴァイズ・ディープ・シーで検証済みだ。

しかし、あの〈竜王〉はその支配から逃げおおせた。

……理由は不明だが、ドラゴンの神秘的な力によるものなのだろう。

支配には失敗したが、混乱した精神は暴走状態にあるはずだ。

――次の失敗はない。

（……〈女神〉の預言に、狂いが生じている。使徒どもも焦っているだろう）

女神の使徒に先んじて、この〈天空城〉と〈海王〉を手に入れることが出来た。

氷塊より目覚めた〈竜王〉は、いずれここに来るだろうとは読んではいたが、これほど早く接触できるとは、想定外の幸運だ。

――あるいは、〈女神〉の導いた運命なのか。

〈使徒どもより先に、〈魔王〉を手に入れねばならぬ――〉

〈海王〉を手中に収め――残る魔王は、四体。

〈鬼神王〉は狂乱の〈剣聖〉に取り込まれ、〈死都〉より甦るはずの〈不死者の魔王〉は、行方知れずだ。

おそらくは、魂の定着がうまくいかず、転生に失敗したのだろうが――

男は、視線を空の彼方に向けた。

暴走状態のヴェイラ・ドラゴン・ロードの向かう先は、何処か――

「――追うぞ、リヴァイズ・ディープ・シー」

白髪の男は、遙か眼下、広大な海に君臨する最強の〈魔王〉に呼びかけた。

第一章　魔眼の少女

Demon's Sword Master of Excalibur School

「お嬢様、どうしましょう、どうしましょう、咲耶が――」

「しっ、今はそっとしておいてあげましょう」

「ええー……で、でも、気になりますよ」

声をひそめて囁きつつ、困惑の表情を浮かべるレギーナ。

〈フレースヴェルグ寮〉の一階にある、共用のミーティングルームである。

テーブルの上には、パンケーキ、新鮮な野菜のサラダ。コーンクリームスープ、ハムエッグ、苺のジャムをのせたヨーグルトが並んでいる。

レギーナの用意してくれた朝食は、どれもとてもおいしそうだ。

普段通りの朝食の風景。

しかし、今朝は、いつもと違うところがあった。

「……くっ……疼く……僕の〈眼〉が――」

テーブルの端に座る咲耶が、なにやら独りごとを呟いているのだ。

片手で左眼を押さえ、苦しそうに眉を寄せている。

「……抑え……きれない、のか……くっ……鎮まれ……」

彼女は、左眼に眼帯を装着していた。

医療用のそれではなく、ファッショナブルな眼帯だ。

似合っていないかと問われれば、正直、似合ってはいる。

美形の彼女には、割とどんなものでも似合ってしまうのだろう。しかし、似合っているからといって、違和感がないわけではない。

「どうして急に眼帯なんです？　咲耶、ファッションに目覚めたんですかね？」

と、耳元で囁くレギーナに、

「……えっとね、きっと、十四歳に特有のあの病気、だと思うわ」

リーセリアは小声で答える。

「あの病気？」

「わかるわ。わたしも、意味もなく腕に包帯を巻いたり、制服をちょっと改造したり、カラーコンタクトを着けたりしてたもの」

「……そ、そういえば、そうでした！」

主の奇行に心当たりがあったのか、レギーナはハッとした。

「〈聖剣〉が目覚めた時のために、カッコイイ名前をいろいろ考えてたわ」

「あ、そのノート、見たことあります。お嬢様の部屋の掃除の時に――」

「と、とにかく、思春期にはありがちなことだから、そっと見守りましょう」

「……はあ、わかりました」

と、二人のそんなやりとりを密(ひそ)かに耳にしつつ——

レオニスは咲耶(さくや)のほうをチラッと見た。

(……俺の与えた〈眼(め)〉は、適合したようだな)

まだ制御が不安定なようだが、拒絶反応がなければ心配はあるまい。

〈時の魔眼〉が完全に適合すれば、いずれ目の色も元に戻るはずだ。

(もっとも、その力を完全に使いこなせるかどうかは、本人の才能しだいだが——)

——と、その時。〈聖剣学院〉のアナウンスの声が寮に響く。

〈現在、〈第〇七戦術都市(セヴンス・アサルト・ガーデン)〉は、旧ウィリア諸島付近の海域を航行中——〉

続いて、ゴウンゴウン、と地響きのような音が足もとで鳴り響く。

「旧ウィリア諸島……だいたい、このあたりね」

エルフィーネが端末に海域の地図を表示した。

——〈第〇七戦術都市〉は大陸沿岸を離れ、北西へ航行している。

その目的地は、〈統合帝国(インペリアル)〉の中枢——

人類の拠点たる、〈第〇一戦術都市〉——〈帝都〉キャメロットだ。

本来、〈第〇七戦術都市〉が〈帝都〉へ帰還するのは、七ヶ月後の予定だった。

しかし、先日発生した事件。封印された〈桜蘭(おうらん)〉の神が失われたことによる、〈魔力炉〉の著しい出力低下――によって、〈強襲型戦術都市〉の本来の役目である、〈巣(ハイヴ)〉の殲(せん)滅(めつ)任務の遂行が不可能になってしまった。

故に、今回は帰還の予定を繰り上げ、〈帝都〉で〈魔力炉〉の換装作業と、都市全体のメンテナンスをすることになった――と、いうことだ。

現在、〈第〇七戦術都市〉は、すでに連結していた〈第〇六戦術都市(アレクサンドリア)〉に曳航(えいこう)される形で航行中。また、〈魔力炉〉の出力を最大限節約するため、都市内の生産施設、大型の商業施設も停止中である。

また、様々な地形を造り出す、〈聖剣学院〉の訓練フィールドも使用不可能だ。

この〈フレースヴェルグ寮〉の空調も止められている。

「……ずいぶん、遠回りするんですね」

と、端末の画面を見て、レオニスは疑問を口にした。

「ええ、〈ヴォイド〉の暗礁を避(よ)けながらだと、どうしても遠回りせざるを得ないの」

エルフィーネは端末の表示を切り替えた。

周囲の海域には、赤く点滅するエリアが幾つも点在している。

〈ヴォイド〉の発生確率が極端に高い、〈虚無領域〉と呼称されるエリアだ。

二つの戦術都市は、その虚無領域を迂回(うかい)するルートを進んでいるらしい。

「この速度だと、あと四日ほどで到着するわね」

「予定通り到着すれば、〈聖剣剣舞祭〉を観戦できますね」

と、呟(つぶや)くリーセリア。

「あ、そうですね。去年は中継探査機経由で送られてくる、粗い画質の映像でしか観(み)ることができませんでしたし、楽しみですねー」

レギーナがぐっと拳を握り、眼(め)を輝かせた。

（……ふむ、〈聖剣剣舞祭〉、か。興味深いな）

〈聖剣剣舞祭〉とは、一年に一度、〈帝都〉で開催される、各〈戦術都市〉の〈聖剣士〉の代表選手を集めた、武闘大会だ。

〈帝都〉の貴族の通う名門〈エリュシオン学院〉、〈第〇五戦術都市(フィフス・アサルト・ガーデン)〉の擁する〈対虚獣戦闘研究学校〉、〈第〇四戦術都市(フォース・アサルト・ガーデン)〉の〈アカデミー〉、〈第〇二戦術都市(セカンド・アサルト・ガーデン)〉の〈教導軍学校〉、〈人類教会〉の育成する〈聖エルミナス修道院〉。

そして、最大の〈聖剣士〉養成機関である、〈第〇七戦術都市(セヴンス・アサルト・ガーデン)〉の〈聖剣学院〉。

各養成機関の上位に属する部隊が、その出場権を得ることができる。

第十八小隊も出場を目指しているようだが、現時点ではランク不足だ。

出場できるのは、少なくとも来年以降になるだろう。

目立ちたくないレオニスとしては、出場は望ましいことではないのだが。

まあ、それはそれとして——

レオニスも、武闘大会を観戦するのは好きなほうだ。

〈不死者の魔王〉であった頃は、〈女神〉ロゼリア・イシュタリスに捧げる祭祀として、〈死都〉の闘技場で武闘大会を開催していたものである。

——と、その時。

「リーセリア！　第十八小隊部隊長、リーセリア・クリスタリア！」

ミーティングルームに、突然、プラチナブロンドの髪の少女が乱入してきた。

「な、なに……って、フェンリス？」

リーセリアが怪訝そうに振り向く。

腰に手をあて、リーセリアを睨むのは、〈執行部〉のフェンリス・エーデルリッツだ。

「なんの用……？」

と、リーセリアが少し警戒した様子で尋ねると、

「すぐに来なさい。〈執行部〉会長が、あなたをお呼びですわ！」

フェンリスはびしっと彼女に指先を突きつける。

「……ええっ、か、会長が!?」

リーセリアは蒼氷の眼を見開く。

「お嬢様、なにをしたんです？」

「し、知らないわ……」

小声で囁く（ささや）レギーナにリーセリアは小さく首を振る。

「勝手にクレソン菜園を増築したことかしら？」

「訓練で、ヴォイドシミュレータを壊したことじゃないですか？」

「あ、あれは事故だもん！　あ、この間、ミルク風呂をしたことかも……」

「それ、それですよ、きっと！　寮の配管が傷んで壊れたとか――」

「……違いますわっ！」

フェンリスが怒鳴った。

「えっと、それじゃあ――」

「わたくしも、くわしくは知りませんの。とにかく、〈執行部〉に来なさい」

「……わかったわよ」

リーセリアは嘆息し、立ち上がる。

「あ、セリアさん、朝の訓練はどうしますか――」

レオニスが彼女に声をかけると、

「……そうね。レオ君も、一緒に来る？」

「ええ、構いませんよ」

頷き（うなず）つつ、レオニスは内心でよし、と呟く（つぶや）。

〈執行部〉の会長は、〈聖剣学院〉における実質的なトップだ。

（……今のうちに、顔を売っておくのも悪くはあるまい）

そんな打算を抱きつつ、悪い顔でほくそ笑む魔王だった。

◆

フェンリスに案内され、執行部のある中央戦略司令塔へ向かう。

〈聖剣学院〉の敷地はあまりに広大なので、寮から距離のある司令塔への移動は、徒歩ではなく、小型のヴィークルだ。

「レオ君、しっかり掴まって」

「は、はい……」

ヴィークルの後部席に跨がり、レオニスはリーセリアの腰を抱きしめた。

彼女の白銀の髪が、頬にあたって少しくすぐったい。

「あら、まだヴィークルの運転許可証を取得していませんの？」

と、もう一台のヴィークルに跨がったフェンリスが、怪訝そうな顔をする。

「ええ、なかなか取得に行く機会がないので」

「そう、無理にとは言いませんけど、都市の移動には便利ですわよ」

「……」

……取得に行く機会がない、というのは半分は嘘だ。

レオニスの身長では、まだギリギリ地面に足がつかないのである。

そんな事情を知っているリーセリアは、くすっと笑い、

「レオ君も、もう少しで乗れるようになるわよ。成長期だもの」

地面を蹴って、ヴィークルを発進させた。

「来年か再来年には、わたしもレオ君に抜かされちゃうかもね」

「そうですね……」

〈不死者〉の眷属となった彼女は、もう歳をとることも、肉体的に成長することもない。

彼女の声が、少しだけ寂しそうに聞こえたのは、気のせいだろうか——?

十五分ほどで、戦略司令塔に到着した。

エレベータに乗り込み、二十九階にある執行本部まで上がる。エレベータの覗き窓からは、〈第〇七戦術都市〉の景色が一望できた。

「いま、会長をお呼びしますわ」

フェンリスがベルを鳴らすと、入ってくれたまえ、と声が返ってきた。

(……想像していたよりも、気さくな声だな)

と、レオニスはそんな感想を抱く。

自動扉が左右に開くと、一人の青年がレオニスたちを出迎えた。

「ああ、よく来てくれた。リーセリア嬢――と、君は初めまして、だったね」

青年は腰を屈めると、レオニスにも丁寧にお辞儀をした。

聖剣学院の制服を着た、長身の青年だ。

肩口にはフェンリスと同じ〈執行部〉の腕章を付けている。

しかし、最も目をひいたのは、彼の両目を覆うバイザーだった。

わずかに魔力を感じる。なんらかの魔導機器なのだろうか。

「わたしは〈執行部〉会長、オーベルト・バルダンデルスだ」

「レオニス・マグナスです」

レオニスも優雅にお辞儀を返した。

執行部の会長ということは実質的に、この〈聖剣学院〉に所属する学生たちのトップ、ということだ。

〈魔王〉であるレオニスにとっては、まったく取るに足らない地位ではあるが、今後の学院生活を考えれば、相応の敬意を払っておいて損はないだろう。

「わたしは少し眼が悪くてね」

と、彼は指先でバイザーを軽く叩いてみせた。

「これを外すことは出来ないんだ。許してくれたまえよ」

「いえ、滅相もありません」

首を振りつつ、レオニスは胸中で記憶をたどる。

〈執行部〉の会長であるからには、その身に強力な〈聖剣〉を宿しているはずだ。

しかし、これまで、〈ヴォイド〉の出現した戦線で、彼の姿を見た覚えがない。

（とすると、この男の〈聖剣〉は戦闘に適したタイプではないのか？）

あるいは、エルフィーネの〈天眼の宝珠（アイ・オブ・ザ・ウイッチ）〉のような、情報解析の能力を有した〈聖剣〉なのかもしれない。

（……だとすると、油断はしないほうがいいな）

魔力遮断は完璧なはずだが、異能の力である〈聖剣〉の能力は未知数だ。魔力とは関係なしに、レオニスの正体を見抜くかもしれない。

「さあ、中へどうぞ。かけてくれたまえ」

彼はゆっくりと屈（かが）めた身を起こすと、部屋の中に入るよう、うながした。

◆

「ライオットのことでは、君たちに迷惑をかけてしまった。〈執行部〉の会長として、心から謝罪するよ」

会議室の椅子に腰掛けたオーベルトは、そう言って頭を下げた。

「会長が謝罪することではありませんわ」

「無関係、というわけにはいかないさ。彼も〈執行部〉のメンバーだったのだからね」

眉をひそめるフェンリスに、オーベルトは首を振る。

「あの、ライオット先輩の容態は——」

「いまのところ〈魔剣〉の影響は出ていないようだ。安心したまえ」

「……そうですか」

と、安堵の表情を見せるリーセリア。

「——さて、では本件の話をしよう」

バイザーの奥で、オーベルトの目が光った。

リーセリアは緊張したように居ずまいを正した。

「じつは、〈帝都〉の元老院から、学院に通達があってね。君たち第十八小隊を、特別招待枠として、〈聖剣剣舞祭〉に招待したいそうだ」

「ええっ!?」

リーセリアは蒼氷の目を見開いた。

「わ、わたしたちを、〈聖剣剣舞祭〉に!?」

「……?」

いっぽう、レオニスは怪訝そうに眉をひそめる。

──〈聖剣剣舞祭〉。

今朝のミーティングで話していた、〈帝都〉で開催される武闘大会だ。

だが、出場資格があるのは、上位ランクの部隊のみだと聞く。

特別招待枠とは、どういうことなのか？

「あの、どうしてわたしたちが……？」

おずおずと訊ねるリーセリア。

「さて、それは与り知らぬことだ。ただ、推測はできる──」

と、オーベルトはひと指し指をたててみせた。

「リーセリア嬢、君が最近、〈聖剣〉の力に目覚めたことは、〈帝都〉でも結構、噂になっているんだ。そして、〈ハイペリオン〉で第四王女殿下を救った活躍もね」

「そ、そうなんですか？」

「ああ、それに君の生い立ちだ。六年前、あの〈大狂騒〉を奇跡的に生き残った、エドワルド・クリスタリア公爵の娘。〈帝国〉の大英雄の娘が〈聖剣〉を宿したとなれば、市民の注目も集まるだろうね」

「──なるほど。理解は、しました」

リーセリアは難しい表情で頷く。

……賢い彼女は、すぐにその意味するところを察したのだろう。

リーセリアを、士気高揚のための御旗に仕立てる、というわけだ。

（――人間たちのやりそうなことだな）

かつて〈ログナス王国〉の連中は、レオニスとその仲間を、救世の勇者と持て囃した。

国民の心をひとつに纏めるには、いつの時代も効果的な方法なのだろう。

悲劇を乗り越え、〈聖剣〉の力に目覚めた英雄の娘。まして、レオニスの贔屓目でなくとも、絶世の美少女であるリーセリアの容姿は、その役目にぴったりだ。

「無論、〈執行部〉としては無理強いをするつもりはない。君たちが拒むのであれば、管理局にはうまく伝えておこう。どうする？」

オーベルトは穏やかに口を開く。

リーセリアは、少しだけ考える仕草をして、

「その、光栄なお話ではあるのですが、まずは小隊のみんなに相談させてください」

「ああ、もちろん、そうしてくれたまえ。ただ、それほど時間はないよ」

「はい、ありがとうございます」

リーセリアは深々と頭を下げた。

思わず、レオニスも一緒に頭を下げそうになるが、〈魔王〉がそう何度も軽々しく頭を下げるべきではない、と思い直し、すぐに背筋を伸ばした。

フェンリスが怪訝そうな顔をする。

「それにしても、急な話ですね。もっと早ければ、いろいろ準備もできたのに」

「実際、急に決まった話なんだろう。本来、〈第〇七戦術都市(セヴンス・アサルト・ガーデン)〉が、〈帝都〉に向かう予定はなかったのだからね」

「……なるほど」

「話はこれだけだ。よく考えて、また来てくれたまえ。フェンリス――」

「ええ、一応、下までお見送りしますわ」

オーベルトがうながすと、フェンリスはつんとした態度で扉の外に出た。

◆

〈執行部〉の建物を出て、二人は屋内のトレーニング施設へ足を向けた。

本来、この時間は、リーセリアを眷属(けんぞく)として鍛える時間なのだ。

「それで、セリアさんは、どうするんですか？」

ドアに学生証を認証させつつ、レオニスは訊(たず)ねる。

「〈聖剣剣舞祭〉に出場できるなんて、とても光栄なことよ。たとえ、話題集めのためだとしてもね」

「それじゃあ、参加するんですね」

「みんなが同意してくれたらね。レオ君は？」

「僕は、構いませんけど――」

レオニスは曖昧に言葉を濁した。

正直なことをいえば、そんな目立つ舞台に上がりたくはない。しかし、レオニスが参加しないとなれば、リーセリアはがっかりするだろう。

(それに、メリットも、ないではないしな)

トレーニング施設への道すがら、彼女に聞いたところによると、優勝した部隊には多額の賞金が与えられ、後日、王族に謁見する機会が設けられるそうだ。

賞金の方はどうでもいいが、王族に無理なく接近できるのは悪くない。

(まあ、なるべく目立たぬように、彼女たちをサポートすればよかろう)

「――それじゃ、着替えてくるわね」

リーセリアはトレーニングウェアに着替えるため、更衣室へ入った。

一人になったレオニスは、トレーニングルームを見回した。

普段の屋内訓練施設に比べると手狭で、壁も脆そうだ。

ここでは、魔術や〈聖剣〉を使った、本格的な訓練などは無理だろう。

(まあ、基礎トレーニングをすればいい。基礎は大事だからな)

ふと、剣の鍛錬に明け暮れていた、少年時代のことを思い出した。

あの頃。貧民街の路地で拾われ、〈ログナス王国〉の騎士団に入団したレオニスは、毎日、倒れるまであの男と剣を交えていた。

「……ふん」

一瞬、脳裏を過った記憶の残滓に、レオニスは不愉快そうに口もとを歪める。

……なぜ、あの男のことなど思い出したのか。

人間であった頃の記憶など、もうほとんど消えてしまったというのに。

(……奴と戦ったせい、であろうな)

と、レオニスは苦々しく独りごちる。

〈六英雄〉最強の〈剣聖〉――シャダルク・シン・イグニス。

かつて、勇者レオニスの師であった男だ。

人類の英雄と称えられたその男は、虚無の化身〈ヴォイド・ロード〉となり、一〇〇〇年の時を超えて、レオニスの前にふたたび姿を現した。

その力は健在、どころか更に増しており、今のレオニスを圧倒した。

〈魔王〉の一人である〈鬼神王〉ディゾルフと融合し、魔剣〈ダーインスレイヴ〉を無効化された状態では到底、勝ち目などなかった。

(……あの時。俺に、〈聖剣〉の力が目覚めなければ、な――)

――〈聖剣〉。

レオニスは自身の両手に目を落とした。

眉間に皺（しわ）を寄せ、静かに口を開く。

「――〈聖剣起動（アクティベート）〉」

……しかし、その声は、トレーニング場に虚（むな）しく響くだけだ。

（……なぜだ？）

レオニスはあれ以来、〈聖剣〉を呼び出すことは出来ていない。

なにか、コツのようなものがあるのかと、リーセリアに聞いてみたりはしたのだが、

『うーん……そうね、頭の中で、イメージするの。その〈聖剣〉の形状と、それを手にした自分の姿を重ね合わせて、えいやっていう感じね！』

と、なんだか要領を得ない答えだった。

そもそも、レオニスには、あの武器をイメージするのが難しい。

〈銃〉――それは、一〇〇〇年前には存在しなかった武器だ。

それを初めて目にしたのは、地下霊廟（れいびょう）で、リーセリアと出会った時である。

〈聖剣〉を模して造られたという、準騎士の武器――〈レイ・ホーク〉。

学院の講義では、〈聖剣〉とは自身の魂を具現化したものである、と教えている。

では、なぜレオニスに、あのような形状の〈聖剣〉が顕現したのだろうか――？

肉体こそ人間であるものの、その内にある魂は、〈不死者の魔王〉なのだが――

〈〈聖剣〉とは、一体なんなのだろうな……？〉

トレーニング場の壁に背を預け、ひとり眉根を寄せていると、

「……様、魔王様っ――」

くいくいっ、と下から袖を引っ張られ、危うく転びそうになる。

足もとを見下ろすと、メイド服姿の少女が、影の中から顔だけを出していた。

「……シャーリか、どうした」

「魔王様に、ご報告がございます」

レオニスが頷く（うなず）と、シャーリはズズズ……と、影の中から姿を現した。

「ふむ、緊急の要件か？」

「魔王様が以前お命じになられた、〈帝都〉における地下組織の情報です。ご都合が悪いようでしたら、また後にいたしますが」

レオニスは、リーセリアのいる更衣室の扉へ視線を移した。

……報告を聞く程度の時間はあるだろう。

「いや、いま聞こう。手短に頼む」

「は――」

促すと、シャーリは手にした報告書を読み上げた。

「現在、帝都〈キャメロット〉に存在する地下組織は無数にありますが、中でも名を知ら

れているのが、亜人を主体とした〈王狼派〉、現在の三王家による支配に異を唱える〈旧帝国同盟〉、〈ヴォイド〉による救済を教えとする〈破滅教団〉、〈虚無福音派〉。正体は判然としませんが、旧帝国時代より続く秘密結社〈イシャー武器商会〉、などです」

「ふむ、〈帝国〉も、内側に多く敵を抱えているようだな」

〈ヴォイド〉という共通の敵がいても、完全に団結することはできないようだ。

そのあたりは、一〇〇〇年前とそう変わらない、ということなのだろう。ゆえに人類は、団結のために、〈六英雄〉という強大な指導者たちを必要としたのである。

「それにしても、理解不能だな。〈虚無〉に救いを求める連中がいるとは」

「一〇〇〇年前も、魔王様に救いを求めてアンデッド化を望む人間がいましたよ」

「……ああ、そうであったな」

何時の時代も、変わり者はいる。そういえば、〈狂乱の錬金術師〉ゼーマインと〈冥府の騎士〉シュナイザーも、人類を裏切り、アンデッド化した連中だった。

「ひとまず、その〈虚無〉を崇拝する連中は後回しだ。話が通じる相手とは思えん」

「――かしこまりました」

「まずは反帝国主義の武装組織を、すべて〈魔王軍〉に取り込むとしよう。俺に臣従すればよし。だが、敵対する者どもは徹底的に潰し、ほかの組織に、〈魔王〉ゾール・ヴァディスの恐怖を刻み込め」

「――は、そのように」

シャーリはぺこりと頭を下げた。

「当面はレーナ・ダークリーフを交渉役にすえ、事前交渉に当たらせるとしよう」

あのダークエルフの少女は、なかなかに頭が回る。適任だろう。

「交渉役の護衛には、アルーレ・キルレシオと――咲耶を随行させよ」

「……魔王様が、〈時の魔眼〉を与えた剣士ですね」

シャーリはジト目でレオニスを見た。

「なにか問題があるか？」

「いいえっ、魔王様は見境なく眷属にされるのですねっ！」

頬を膨らませ、ふいっとそっぽを向く。

「咲耶は眷属ではないぞ。俺の同盟者だ」

咲耶には、リーセリアのように、眷属の刻印を与えたわけではない。

あくまで対等な取引によって、力を提供しただけだ。

「ふーん、そうですか。では、やはり〈吸血鬼の女王〉は特別なのですねっ」

「それは……まあ、そうだな」

特別な眷属でなければ、貴重な〈真祖のドレス〉を与えたりはするまい。

「むぅ、特別ですか……そうですか」

シャーリはぷくーっと不満そうに頬を膨らませる。

レオニスはチラッと更衣室のほうに視線をやり、

「――報告は、以上か？」

「はい、とりあえずは。あ、もうひとつ確認なのですが、あのエルフの勇者は、まだ泳がせておいてよろしいのでしょうか？」

「ん？　ああ、そうだな――」

アルーレ・キルレシオ――エルフ族の勇者。

レオニスと同じ、〈剣聖〉シャダルク・シン・イグニスの弟子。

〈狼魔衆〉に潜り込み、魔王〈ゾール・ヴァディス〉の暗殺を目論んでいるようだ。

神々の生み出した〈魔王殺しの武器〉の一つ――〈クロウザクス〉を所持しているため、油断は出来ないが、あの程度の力では、レオニスの脅威にはなり得まい。

しかし、彼女に関しては、少し気になることがあった。

以前、レオニスが魔術で記憶を盗み見ようとした時、何者かが、彼女を通してこちらを観察しているのを感じ取ったのだ。

アルーレがこの時代に現れたのは、〈精霊の森〉の長老樹の差し金だと思っていたが、どうやら、その背後にはなにか別の勢力がいるようだ。

（そして、アルーレ自身は、それに気付いていない――か）

「ご命令とあらば、わたしが暗殺を――」

「その必要はない。今は手の届くところで監視しておけばよかろう」

首を横に振り、今度はレオニスのほうが訊(たず)ねる。

「ときに、ブラッカスの様子はどうだ？」

「はい、影を食(は)みつつ、順調に回復しておられます」

シャダルクとの戦いで力を酷使したブラッカスは、現在〈影の王国(レルム・オヴ・シャドウ)〉で休養中だ。

元の力を取り戻すまで、大量の影を取り込む必要がある。

「――そうか。俺もあとで見舞いにいこう」

「たまにはお魚が食べたい、とのことです」

「わかった。咲耶(さくや)に頼んで、干物を手に入れてこよう」

レオニスは頷(うなず)くと、

「シャーリよ、ブラッカスが動けぬ以上、俺の目となるのはお前だけだ。〈帝都〉では、今以上に働いてもらうことになる。期待しているぞ」

「――は、お任せ下さい、魔王様」

シャーリは恭(うやうや)しく頭を下げた。

「すでに〈帝都〉の情報収集は始めております」

「……む、そうか。さすがだな」

「話題のスイーツのお店は、ほぼチェックを完了しました！」

ぐっと拳を握り、キラキラと目を輝かせるシャーリ。

「……さすがだな」

なんだか、妙に不安になるレオニスだった。

（……〈叢雲〉とかいう、〈桜蘭〉の諜報部隊を引き入れたほうがいいかもしれんな）

と――

「……レオ君？　今誰かと喋ってた？」

更衣室の扉が開き、スポーツウェアに着替えたリーセリアが姿を現した。

「――いえ、トレーニングを始めましょう」

なにごともなかったかのように、平然と答えるレオニス。

シャーリはすでに、影の中に姿を消していた。

◆

（〈桜蘭〉の傭兵部隊――やはり、兄さんの私兵として雇われていたようね……）

〈アストラル・ガーデン〉――魔力素子によって構築された――〈仮想戦術都市〉。

黒翼の天使の現し身に身を包んだエルフィーネは、眼前の障壁を睨み据えた。

格子状の障壁は、〈アストラル・ガーデン〉の防衛システムを視覚化したものだ。

その気になれば、学院の端末から、軍の機密情報にさえアクセスすることもできる彼女だが、〈フィレット〉の防衛システムは、軍のシステムよりも堅牢(けんろう)だ。

(……〈魔剣計画(D.Project)〉。これだけ調べても、有力な手がかりが掴(つか)めないなんて)

――〈聖剣〉を、〈魔剣〉に変換する実験。

以前、軍が放棄したその実験を、フィレット財団が引き継いだ。

〈魔剣〉の力を宿した〈聖剣〉使いは、精神に異常を来してしまう。

第七小隊の隊長であった、ライオット・グィネスも、その魔剣の力に取り込まれた。

……それだけではない。

暴走した〈魔剣〉は、まるで〈ヴォイド〉のような姿に変化する。

〈ヴォイド〉を滅ぼすための〈聖剣〉の力が、虚無に侵蝕(しんしょく)されてしまうのだ。

……なぜ、フィレットは、そんな危険な実験を継続しているのか。

これまで、彼女が知ることができたのは、断片的な情報だけだった。

〈桜蘭(おうらん)〉の傭兵(ようへい)部隊〈剣鬼衆(けんきしゅう)〉が、〈魔剣計画〉の実験に関わっていたこと。

そして、彼等は彼女の兄、フィンゼル・フィレットに雇われていた。

……兄の独断、ということはあるまい。

これほど大掛かりな計画。フィレット財団総帥の意思が介入しているはずだ。

このタイミングで〈帝都〉に戻ることになったのは、好機かもしれない。

（――予定は早まったけれど、手詰まりだったところだしね）

結局のところ、二人の兄、そしてあの男とは決着をつけなければならない。

フィレット伯爵家――強大すぎる組織に、彼女は一人で立ち向かえるだろうか。

（……姉さんは、今のところ信用はできないわね）

フィレットと敵対しているところは、エルフィーネと同じだが、彼女は彼女で、帝弟に取り入り、なにかよからぬ計画に手を染めている気配がある。

学院の〈管理局〉も、軍と繋がりがある以上、信用するわけにはいかない。

完全に信用できるのは――第十八小隊の仲間だけだ。

（……〈魔剣計画〉のことを話して、協力してもらう？）

しかし、それはリーセリアたちを、彼女の戦いに巻き込むことになる。

（どうすれば……）

目の前の障壁の前で、エルフィーネは悩む。

――その脳裏に浮かんだのは、一人の少年だ。

外見はまだ幼い、十歳の少年。

……けれど、彼は間違いなく、なにか大きな力と秘密を秘めている。

彼ならば、彼女と共に強大な敵と戦ってくれるだろうか――？

◆

「……ええっ!?　わたしたちが、〈聖剣剣舞祭〉の特別招待枠に?」

開口一番、驚きの声を上げたのはレギーナだった。

――夕刻。リーセリアはミーティングルームに第十八小隊のメンバーを召集し、今朝、オーベルト会長に申し渡されたことを話した。

「ええ、回答は保留してあるけど、みんなはどう思う?」

言って、リーセリアは集まった全員を見回した。

レオニスは、彼女の隣でのんびりとドーナツを咀嚼している。

「僕は望むところだよ」

と、即答したのは咲耶だ。

「大舞台で、〈桜蘭〉の剣士の実力を見せたい。それに、賞金も出るしね」

リーセリアはこくっと頷いて、それから、エルフィーネのほうを向く。

「フィーネ先輩は?」

「……そう、ね」

するとエルフィーネは少し考えるような仕草をして、

「わたしも、光栄なことだと思うわ。けど、セリアは、本当にいいの？」

気遣わしげに尋ねる。

「わたし……ですか？」

「ええ、〈帝都〉の元老院は、クリスタリア公爵の娘であるあなたを、士気高揚のための旗印に使うつもりなんでしょう？　それがどんな結果になるかは、わからないわ」

〈聖剣剣舞祭〉で結果を残せなければ、失望の目が。結果を残せば、それはそれで、不本意な注目のされかたをすることになるだろう。

しかし――、

「ありがとうございます、先輩」

リーセリアは微笑んで、首を横に振った。

「でも、わたしは出場してみたいです。父と、クリスタリア騎士団の名誉のために。そして、ずっと〈聖剣〉に目覚めなかったわたしが、〈ヴォイド〉と戦う人々の希望になれるのなら、こんなに嬉しいことはありません」

そう、きっぱりと告げるリーセリアに――

エルフィーネも、レギーナも咲耶も、こくっと頷いた。

「……わかったわ。その覚悟があるのなら、出場しましょう」

「わたしは、もちろんお嬢様に付き従いますよ。メイドですから」

と、レギーナが肩をすくめて言う。

「――みんな、ありがとう」

リーセリアは小さく頭を下げると、

「そうと決まれば、今日から特別メニューで特訓ね！」

突然、そんなことを言い出した。

「と、特別メニューですか？」

レギーナが訊き返す。

「ええ、〈聖剣剣舞祭〉までの時間は、それほどないわ。対戦相手となる部隊、選手の分析と、それを踏まえたチーム訓練をしないとね」

「今年の〈聖剣剣舞祭〉の日程は、たしか……十二日後、だったわね」

エルフィーネが端末でスケジュールを確認する。

「特訓するのはいいと思いますけど、〈帝都〉に到着しても、〈魔力炉〉の換装が終わるまで、〈聖剣学院〉の大型訓練施設は使えない、ですよね？」

「……そう……そうなのよね」

レギーナの指摘に、困った表情で頷くリーセリア。

あらゆる地形を再現する大型戦闘フィールドは、〈魔力炉〉減衰の影響で使用できず、現在は、部隊同士の対抗試合も組まれていないのが現状だ。

一応、屋外のグラウンドは使えるが、大規模な破壊をともなう〈聖剣〉の使用は限定的にしか認められておらず、基礎訓練であればともかく、実践的な特訓には不向きだ。

その他の施設も、学院の各部隊で奪い合いになっている。

有用な施設の多くは、〈聖剣剣舞祭〉に正規出場する上位のエリート部隊にあてがわれており、特別招待枠の第十八小隊が、自由に使うことは難しいだろう。

つまり、開催日までに、十分な訓練ができるとはいいがたい。

「寮の裏の森で修行するのはどうだい？」

と、咲耶が提案するが、

「咲耶の訓練は、誰も真似できませんよ」

レギーナがにべもなく首を振る。

たしかに、咲耶の修行方法は、独特すぎて余人には真似できまい。

（……俺の〈影の王国〉を訓練場にするわけにもいかないしな）

——と、

「訓練の場所なら、用意できるかもしれないわ」

静かに口を開いたのは、エルフィーネだ。

「先輩、本当ですか!?」

リーセリアが目を見開く。

「〈帝都〉に到着した後になるけど、〈フィレット社〉が兵器開発の実戦試験に使う試験場があるの。〈聖剣学院〉の戦闘フィールドには及ばないけれど、訓練には十分な広さがあるし、〈聖剣〉の使用も気にしなくていいわ」

「……い、いいんですか？　でも、先輩は――」

思わず言いかけて、リーセリアは口をつぐむ。

……たしか、彼女は実家の〈フィレット社〉と関係が悪かったはずだ。

エルフィーネは苦笑して、

「大丈夫。どのみち、〈帝都〉に戻れば無関係ではいられないわ。だったら、財団の令嬢としての立場を存分に使わせてもらいましょう」

悪戯っぽく微笑んだ。

「そうね。せっかくだし、試験場の近くにある系列のホテルも押さえておくわね」

「ええっ、宿泊施設まで!?　さすがに、そこまでは――」

リーセリアは遠慮するが、彼女はいいのいいのと首を振り、端末を操作する。

「えっと……それじゃあ、お言葉に甘えて。ありがたく使わせて頂きます！」

リーセリアが礼儀正しく頭を下げる。

「なんだか、合宿みたいで楽しみね」

と、頷いたエルフィーネの表情に――

（……？）

レオニスは、なんとなく、わずかな違和感を覚えたが――

それはあまりに小さなものだったため、その正体に気付くことはなかった。

◆

「――ここにいたのか、アルティリア」

「あ、シャトレスお姉（ねえ）様！」

美しい花々の咲き乱れる、広大な庭園。

その一角にある、小宮殿のベンチで、本を読んでいた少女が顔を上げた。

沙羅の花のような金髪を結い上げた、翡翠（ひすい）の瞳の少女だ。

齢（よわい）は十二歳。可憐（かれん）な顔立ちにはまだ幼さが残っているが、ほどなく、美しい華に成長するであろうことは容易に想像できるだろう。

〈人類統合帝国（インペリアル）〉を統治する三王家。

その中でも、現皇帝を輩出している、オルティリーゼ家の末娘。

第四王女――アルティリア・レイ・オルティリーゼだ。

「もう、お戻りになられたのですね」

「ああ、〈聖剣剣舞祭〉に合わせて、〈聖剣〉を調整しておきたいからな」

と、その王女に対して対等な立場で答えるのは、彼女の姉、第三王女のシャトレス・レイ・オルティリーゼ。

アルティリアが可憐（かれん）な白百合（しらゆり）だとすれば、彼女は咲き誇る薔薇（ばら）の花だ。

豪奢（ごうしゃ）な金髪を腰まで伸ばし、軍服のようなドレスにサーベルを佩（は）いている。

十七歳の彼女は、王族にして、最前線で対〈ヴォイド〉部隊を指揮する〈聖剣士〉だ。

「もう、具合はいいのか?」

「はい、もうすっかりよくなりました」

「そうか、よかった」

シャトレスは微笑（ほほえ）んだ。部下たちの前では、決して見せない表情だ。

〈第〇七戦術都市（セヴンス・アサルト・ガーデン）〉で発生した、〈ハイペリオン〉の事件以来、体調を崩しがちだったアルティリアだが、今では順調に回復しているのだった。

「今年も、お姉（ねえ）様の勇姿が見られるのですね」

「期待しているといい。少しは、手応えのある相手に出会えるといいがな」

と、シャトレスは肩をすくめる。

もっとも、そんな相手など、現れるはずもないだろう。

――〈銀血の天剣姫（シルバー・ブラッド・ソーディア）〉。

シャトレス・レイ・オルティリーゼは、最強の〈聖剣士〉なのだから。

「現れるかもしれませんよ」

「……？」

ふふ、とアルティリアは意味深な微笑みを浮かべた。

「〈第〇七戦術都市〉の代表に、特別招待枠で招かれた部隊がいるんです」

「――特別招待枠？　知らないな」

シャトレスは眉をひそめた。

妹の冗談、だとでも思っているのだろう。

だが、アルティリアは知っている。

あの〈ハイペリオン〉で、彼女を助けてくれたのが、誰なのか。

あの恐ろしい魔女に連れ去られた、嵐の吹き荒れる甲板で、彼女は確かに見たのだ。

あの十歳の少年が、巨大な〈ヴォイド〉を葬り去るところを――

……もうすぐ、〈第〇七戦術都市〉が接近する。

（……あの方に、もう一度会えるのですね）

十二歳の少女は、トクンと胸を弾ませるのだった。

第二章　帝都〈キャメロット〉

〈帝都〉の象徴、帝国府のタワーが近付くにつれ、〈第〇七戦術都市（セヴンス・アサルト・ガーデン）〉の市民の間には、大きな安堵（あんど）と歓喜が広がった。

途中、幾度かの〈魔力炉〉のトラブルがあり、航行を一時停止したものの、海域における〈ヴォイド〉との戦闘は一度も発生しなかった。

暗黒大陸離脱より、百二十八時間後。帝国標準時――一〇三〇（ヒトマルサンマル）。

到達予定時刻より十七時間遅れて、〈第〇七戦術都市（テルミナス）〉及び〈第〇六戦術都市（アレクサンドリア）〉は、〈帝都〉の連結用フロート・ベイ・エリアに接続した。

◆

「レオ君、荷物は大丈夫？　忘れ物はない？」

フロート・ベイの連結ターミナル。大きく膨らんだキャリーバッグを手にしたリーセリアが、レオニスのほうを振り返り、心配そうに訊（き）いてくる。

「大丈夫ですよ。僕の荷物はそれほど多くありませんし」

と、肩をすくめてみせるレオニス。

レオニスの荷物のほとんどは、〈影の王国(レルム・オヴ・シャドウ)〉の宝物殿の中にある。

宝物殿には、敵の王国を滅ぼした際に奪った金銀財宝に、神々を倒して手に入れた宝具など、様々な戦利品が収められているのだが、レオニスは奪った財宝を無造作に放り込む癖があるので、管理者のシャーリはいつも不満をこぼしているのだった。

「ホテルに必要なものは大体揃(そろ)ってるから、心配いらないわよ」

エルフィーネはわずかに苦笑して言った。

「ああ、ボクなんて、ほとんど手ぶらだよ」

「咲耶(さくや)は私物が少なすぎよ」

「寮の部屋の備品は、闇賭博に負けて、ほとんど質に出してしまったからね」

「……それは、学院に怒られないんですか？」

「ああ、勝って取り戻せば、問題ないさ」

ふっ、と自信満々に頷(うなず)く咲耶。

（……まさか、〈魔眼〉を博打(ばくち)に使う気ではあるまいな）

と、そんなことを危惧するレオニスである。

「――あ、ゲートが開きますよ、私たちの順番です」

レギーナが指差すその先で、ターミナルのゲートが開放された。

〈聖剣学院〉の身分証による簡単な手続きを済ませた後、レオニスたちは、〈帝都〉の〈セントラル・ガーデン〉まで直通の〈リニア・レール〉に乗車した。

コンパートメントの個室に入ると、リーセリアはレオニスを窓際に座らせてくれた。

「連結ブリッジを抜けたら、外の景色が見えるようになるわ」

「〈第〇七戦術都市（セヴンス・アサルト・ガーデン）〉と、そんなに違うんですか？」

訊（たず）ねると、リーセリアはちょっと考えて、

「そうね。〈第〇七戦術都市〉は、〈ヴォイド〉の〈巣（ハイヴ）〉を殲滅（せんめつ）するために建造された、強襲特化型の戦術都市だけど、この〈帝都〉は、人類を守る為（ため）の要塞として設計されたから、戦闘施設はそれほど多くないわね——」

この〈第〇一戦術都市〉の規模は、〈第〇七戦術都市〉の約十四倍。居住用のフロートは今なお増設され続け、現在も拡張中だ。

そのため、〈第〇七戦術都市〉のように、高速で航行することは出来ず、ほとんどの期間を、大陸沿岸にある、この海域にとどまり続けている。

「〈帝都〉の防衛を担当しているのは、〈第〇二戦術都市（セカンド・アサルト・ガーデン）〉。この二都市は常に行動を共にしているわ。〈第〇七戦術都市〉を剣とするなら、〈第〇二戦術都市〉は、盾の役割をしているというわけね」

対面に座るエルフィーネが、戦術都市の運用理論を説明してくれる。

現在、七基まで建造されている〈戦術都市〉は、対〈ヴォイド〉に最も有効な〈ストライク・グループ〉を形成している。

将来的には、十二基の〈戦術都市〉を建造予定だそうだが、六年前に壊滅した〈第〇三戦術都市（サード・アサルト・ガーデン）〉の復旧には、数十年はかかる目算という。

――〈リニア・レール〉が地上に出た。

窓から陽光が射（さ）し込（こ）み、〈帝都〉の街並みが、眼前に広がる。

（――ここが、〈帝都〉か）

そびえ建つ積層構造物の大群。あらゆる場所に、巨大な配管が走っている。

市街にはすでにシャーリを偵察に出しているが、実際に眼（め）にして見ぬことには、わからぬことも多いだろう。

〈帝都〉――人類の砦（とりで）となった、最初の戦術都市。

この場所で、何かが待ち受けている――そんな予感があった。

◆

帝都〈キャメロット〉中央統制区――〈セントラル・ガーデン〉。

各フロートと接続した戦術都市の中核であり、行政府〈グラン・カセドラル〉と、エルミナス宮殿を有する、〈帝都〉の中枢。

ターミナルを降りた一行は、エルフィーネが事前に予約してあった、迎えの大型ヴィークルに乗り込み、宿泊先のホテルへ移動中だ。

「……人が多いんですね。お祭りでもあるんですか？」

高速で通り過ぎる外の景色を眺めつつ、レオニスは訊ねる。

〈第〇七戦術都市〉の〈セントラル・ガーデン〉も、商業地区はかなりの人混みだったが、ここはそれ以上だ。

「いいえ、これで普段と同じ人混みよ」

対面に座るエルフィーネが首を横に振る。

「対ヴォイド決戦型の〈第〇七戦術都市〉とは、人口密度が比にならないもの」

「レオ君、はぐれないように気を付けてね」

「僕は子供じゃありませんよ」

くすっと微笑むリーセリアに、レオニスは憮然として言い返した。

「ボクは人混みは苦手だな。なんだか、人を見すぎて酔ってきたよ」

眼帯を押さえつつ呟く咲耶。

「も、もうすぐ人の多い場所は抜けるから……」

咲耶の背中をさすりつつ、エルフィーネは苦笑した。

十数分ほどで、ヴィークルは〈セントラル・ガーデン〉を抜けて、目的の場所であるフロートに到着した。

「……えっと、ホテルはどこですか?」

美しい花々の咲き誇る、広大な庭園の前で——

レオニスは素朴な疑問を口にした。

「全部よ」

と、簡潔に答えるエルフィーネ。

「は?」

「このフロートの全部が、シャングリラ・リゾートの敷地なの」

「……」

レオニスは息を呑(の)んで、庭園の周辺に屹立(きつりつ)するタワー群を見上げた。

「こ、これが全部、エルフィーネ先輩の……?」

「私のじゃなくて、財団のものよ」

エルフィーネは少し困ったように眉根を寄せる。

「わたし、〈シャングリラ・リゾート〉なんて、初めて来ました」

「わたしも初めてよ」

「……」

レオニスだけでなく、リーセリアたちも驚いているようだ。

（な、なんだ、これは……!?）

〈オールド・タウン〉にある、咲耶（さくや）の屋敷は大きかった。〈第〇三戦術都市（サード・アサルト・ガーデン）〉で訪れた、リーセリアの実家――クリスタリア公邸は更に大きかったし、勇者であった頃のレオニスは、絢爛豪華（けんらんごうか）な〈ログナス王国〉の王宮に招かれたこともあった。

しかし――、

（……ばかな、このフロート全部が、私有地だと？）

レオニスの居城であった、〈死都（ネクロゾア）〉の〈死獄宮殿（デス・パレス）〉に匹敵する大きさだ。

無論、〈デス・パレス〉には、広大な地下ダンジョンが存在するため、総面積では勝っているが、ただの宿泊施設を〈魔王軍〉随一の要塞と比較するのがそもそもおかしい。

「敷地内には、各種トレーニング施設もあるわ。存分に訓練ができるはずよ」

「ほ、本当に!?」

「ええ、遠慮無く使って大丈夫よ」

目を見開くリーセリアに、頷（うなず）くエルフィーネ。

「あの、エルフィーネさん、つかぬことをうかがいますが――」

と、レオニスはおそるおそる、口を開いた。

庭園の中央にある、大理石の彫像を指差して尋ねる。

「ひょっとして、あの像は動いたりするんですか？」

「え？　動かないと思うけど」

「そうですか」

エルフィーネの返答に、レオニスはほっと安堵の息をつく。

レオニスの〈デス・パレス〉の門には、巨大な骨の像が配備されており、生きとし生けるものの気配を感知すると、自動で攻撃してくれるのである。

（……そこに関しては、俺の居城の勝ちだな）

と、レオニスは胸中で謎の対抗意識を燃やすのだった。

◆

庭園をまっすぐに抜けると、中央に聳える巨大なビルディングに足を踏み入れた。

先日訪れた、〈聖剣学院〉の中央統制塔に匹敵する大きさだ。

「はわわわ、少年、少年！　フィレット財団の〈黄金架ホテル〉といえば、名だたる王侯貴族も利用する、五つ星ホテルですよ！」

「痛いですよ、レギーナさん」

興奮したレギーナが、レオニスの肩をぱんぱん叩く。

……しかし、彼女がこれほど興奮するのも、無理はあるまい。

その贅を尽くした内装は、まるで王の宮殿のようだ。

エルフィーネは、ロビーでチェックインを済ませることなく、奥へ歩を進める。

ホテルの従業員たちは、咎めるどころか、みな恭しく彼女に頭を下げる。

「……エルフィーネさんて、本当に令嬢なんですね」

隣を歩くリーセリアにこっそり呟くと、

「そうよ。フィーネ先輩は、フィレット伯爵家の跡取りなんだから」

よくあの幽霊屋敷みたいな寮で我慢してますね、と言いかけるレオニスだが、考えてみれば、リーセリアも名門の公爵令嬢なのだった。

昇降機に乗り込み、三十二階に到着した。

昇降機の外に出たエルフィーネが言う。

「――ここよ。好きに使っていいわ」

「好きに……って、部屋はどこなんです？」

レギーナが尋ねると、エルフィーネは苦笑して、

「このフロアを、まるごと借り切ったわ。どの部屋でも、自由に使って大丈夫よ」

「フ、フロアまるごと、ですか!?」

「ええ、ここは第十八小隊の貸し切りよ」

「えええええっ！」

さらっと答えるエルフィーネに、一同は顔を見合わせた。

「それじゃあ、この一番広い部屋をミーティングルームにしましょう」

ひとまず、フロアの一番広い部屋に集まり、今後の予定を確認することになった。

「……す、すごい」

部屋に足を踏み入れるなり、レギーナが感嘆の声を漏らした。

ダンスホールほどもある部屋の中央には、大きな木製の丸テーブルとソファ、高価そうな調度品の数々が揃っており、壁には額に入った絵画がいくつもかかっている。

（……この時代の、前衛芸術というやつか？）

正直、レオニスには子供の落書きのようにしか見えないが、きっと著名な画家の手によるものなのだろう。

「モフモフ丸、モフモフ丸じゃないか！」

咲耶は早速ソファに身を沈め、ふかふかのクッションを抱きしめる。

……彼女にとって、モフモフしているものは、だいたいモフモフ丸らしい。

「カーテンを開けましょう」

リーセリアが窓際へ近付き、天鵞絨のカーテンを開く。

バルコニーからは、このフロート全体の景色が一望できるようだ。

「あ、お嬢様、プールがありますよ！」

レギーナのツーテールの髪がぴょんと跳ねる。

ホテルの真下には、大きなプールが五つもあった。

……ちなみに、〈デス・パレス〉にプールはない。

あるのは死の瘴気(しょうき)を撒き散(まち)らす、猛毒の沼地のみである。

「あの、巨大な装置はなんですか？」

「ウォータースライダーよ。あのパイプの中を滑って遊ぶの」

レオニスが尋ねると、リーセリアが答えてくれる。

（……兵器の類いではないのか）

遊具だと知ると、レオニスは興味を失った。

（……まあ、ブラッカスは喜ぶかもしれないな）

水泳の苦手なレオニスと違い、ブラッカスは泳ぐのが好きだ。

真夜中であれば、見つかることもないだろう。

「〈シャングリラ・リゾート〉は、フロート全体がレジャー・アイランドになっていて、プールに映画館、スポーツ施設、コンサートホールにスタジアム、ライブ会場、カジノ、水族館、遊園地まであるんですよ」

レギーナがガイドブックを開きつつ、声をはずませる。

「カジノ……」

クッションを抱いていた咲耶が、ハッと身を起こした。

「もう、二人とも、遊びに来たんじゃないのよ」

真面目なリーセリアが眉根を寄せる。

「スポーツ施設も貸し切りにしてあるから、思う存分訓練ができるわよ」

「ありがとうございます、フィーネ先輩」

リーセリアは懐から、メモ帳を取り出した。

「合宿中の訓練メニューは、ちゃんと考えてあるの。遊ぶ暇なんてないわよ」

「……うわー、びっしりですね」

レギーナの顔が引き攣った。

几帳面な彼女らしく、広げられたメモ帳には、訓練メニューだけでなく、起床時間、就寝時間、休憩、食事の時間まで、きっちり決められているようだ。

とくに、レオニスとリーセリアの個人訓練の時間は多く取られている。

（……これでは、〈帝都〉を調査する時間はなさそうだな）

市街の調査はシャーリに任せ、夜中に動くしかないだろう。

「それじゃあ、個室の部屋割を決めましょうか」

と、リーセリアが提案し、部屋割を相談することになった。

「わたしとレオ君は、一緒の部屋ね」

「あ、ずるいです、セリアお嬢様！　少年をひとり占めしてます！」

レギーナがレオニスの身体（からだ）に腕をまわし、むぎゅっと抱きしめた。

「レ、レギーナさん!?」

「ひとり占めじゃないわ。保護者なんだもの」

リーセリアはこほん、と咳払（せきばら）いして、

「むうー、わたしだって少年で遊びたいです！」

……そこは「少年と」ではないのかと、ツッコみたくなるレオニスだった。

「えっと、僕もセリアさんと一緒の部屋がいいですね」

「レオ君!?」

と、嬉（うれ）しそうな顔をするリーセリア。

レオニスとしては、リーセリアと同じ部屋でないと、都合が悪い理由がある。

彼女は、夜中に吸血衝動に襲われることがあり、無意識にベッドを抜け出して、レオニスの血を吸いに来るのである。

（……その現場を見られたら、ことだからな）

「むー、しかたありません。お嬢様の部屋に遊びに行くことにしましょう」

不満そうに頬（ほお）を膨らませつつも、レギーナは納得した。

その後、レギーナ、咲耶（さくや）、エルフィーネも、それぞれ部屋を決め、端末に登録した。

「それじゃあ、部屋に荷物を置いていきましょう」

リーセリアがキャリーバッグに手をかけると、

「待って、セリア――」

「フィーネ先輩？」

エルフィーネが立ち上がり、声をかけた。

彼女は真剣な眼差（まなざ）しで、広い室内を見回し、

「――〈聖剣起動（アクティベート）〉」

頭上に〈天眼の宝珠（アイ・オブ・ザ・ウイッチ）〉を二機、展開した。

ほのかな光を放つ球体の表面に、数字の羅列が高速で表示される。

「先輩、どうしたんです？」

レギーナが訊（たず）ねる。

「盗聴器の探査よ。……ここは大丈夫みたいね」

エルフィーネは肩をすくめ、〈天眼の宝珠〉を虚空に消した。

それから、全員の顔を見回し、覚悟を決めた表情で口を開く。

「――みんなに、話すことがあるわ」

◆

「――〈魔剣計画(D.Project)〉？」

テーブルに着席した一同は、顔を見合わせた。

エルフィーネが告白したのは、一連の〈魔剣〉に関する事件の裏で、〈フィレット〉社が関わっている、という衝撃の話だった。

「〈巣(ハイヴ)〉の殲滅(せんめつ)任務の際のライオットの暴走、それにおそらく、先日〈桜蘭(おうらん)〉に現れた〈ヴォイド〉の件にも、関わっていることは間違いないと思う」

「……っ、そんな……」

リーセリアが愕然(がくぜん)とした表情でうめく。

「だって、フィレットといえば、〈人類帝国〉の対〈ヴォイド〉兵器の開発にも関わっている、国家的な企業ですよ」

「ええ、だから、軍の中にも協力者がいる、と考えるべきでしょうね。あるいは、軍そのものが計画を後押ししているのかもしれないわ」

エルフィーネは声をひそめた。

「姉の渡してきたデータを信用するなら、〈魔剣〉に蝕(むしば)まれた学院生の全員が、フィレットの〈人造精霊(アーティフィシャル・エレメンタル)〉に関わっていた」

「〈人造精霊〉が、〈聖剣〉を〈魔剣〉に変えたっていうんですか?」

「……詳しい仕組みまでは、わからない。けど、関連があることは確かよ」

訊ねるレギーナに、エルフィーネは頷き返す。

「……――」

咲耶は口を挟まず、先ほどからじっと何かを考え込んでいるようだ。

「……わたしは、この〈帝都〉で、〈魔剣計画〉の全貌を突き止めたいの」

エルフィーネはテーブルの上で、拳を強く握りしめる。

――と、

「どうして……」

静かに口を開いたのは、リーセリアだった。

「どうして、話してくれなかったんですか」

「お嬢様……」

リーセリアは唇を噛みしめる。

無論、聡明な彼女が、それをわかっていないはずもない。

先輩は、第十八小隊の仲間を、危険な陰謀に巻き込みたくなかったのだろう。

ずっと、悩み続けてきたのだろう。

……だから、彼女は悔しいのだ。

エルフィーネが一人悩んでいることに、気付かなかったことが。

「……セリア、ごめんなさい」

エルフィーネは、リーセリアの肩にそっと手をのせた。

「――わたしこそ、先輩が悩んでいるのに、気付かなかった」

リーセリアはゆっくりと首を振り、

「もっと、わたしたちを頼ってください」

「ええ、そうさせて貰うわ。遠慮無く」

と、頷くエルフィーネ。

「わたしもフィーネ先輩に協力しますよ」

「……微力ながら、僕も力になりましょう」

と、レオニスも頷く。

ここに来て、有用な〈魔剣〉の情報が手に入ったのは僥倖だ。

ネファケス、ゼーマイン、一連の〈魔剣〉絡みの事件に関しては、十中八九、あの連中が背後で関わっていることは間違いあるまい。

「――先輩」

と、無言だった咲耶が静かに口を開く。

「〈剣鬼衆〉に〈魔剣〉を与えたのは、その連中なんだね?」

「ええ。兄――フィンゼル・フィレットは、〈桜蘭〉の〈剣鬼衆〉を護衛として雇い入れていたわ。確たる証拠は掴めていないけど、関わりがあったのは間違いない」

「……そうか」

　咲耶の声に、冷たく殺気が立ち上る。

「――それじゃあ、ボクも無関係ではいられないね」

「……ありがとう」

　エルフィーネは深々と頭を下げた。

「このことは、学院には？」

「ここで本当に信用できるのは、みんなしかいない。フィレットが軍と繋がっているのなら、告発するのは危険よ」

「フィレット系列のホテルを選んだのは、なにか理由があるんです？」

　と、レギーナが訊ねた。

「ええ、兄は〈帝都〉に戻った私を警戒しているわ」

　エルフィーネは頷いて、

「どのみち、私の行動は逐一把握されているはず。だったら、いっそのこと蛇の巣に飛び込んでしまった方が、逆に手を出しづらいと思うの。王侯貴族も利用する〈シャングリラ・リゾート〉で、ことを荒立てたいとは思わないでしょうしね」

「……なるほど」

フロアを借り切ったのは、防諜のため、というわけか。

この先輩は、さすがに抜け目がない。

「ここには、フィレットの研究施設が併設されているわ。植物園、水族館も、研究目的のものよ、もちろん〈人造精霊〉も――」

「なにか、その計画に関わることが、わかるかもしれないですね」

リーセリアが頷く。

「わたしは調査を続けるわ。とにかく、フィレットには気をつけて」

◆

聖堂の奥にある個室で彼を出迎えたのは、白髪の青年司祭だった。

「――よくぞお越し下さいました、フィレット卿」

穏やかな微笑を浮かべ、礼儀正しく頭を下げてくる彼の名は、ネファケス・レイザード――〈人類教会〉の枢機卿だ。

「光栄ですね。〈女神〉の使徒の第二階位、貴方ほどの方にお目にかかれるとは」

「あなたの功績を考えれば、当然ですよ」

と、青年司祭は首を振って答えた。

「〈魔剣計画(D.Project)〉の遂行は、卿の働きがなくては為(な)し得ませんでした」

「恐縮ですね」

と、答えたのは、艶やかな黒髪を長く伸ばした長身の男だ。

フィンゼル・フィレット。フィレット家の次男であり、財団の後継者の一人。

聖堂の個室は、秘密の会談をするには相応(ふさわ)しい場所だ。しかし――

（……皮肉なものだ。虚無に身を喰(く)われた使徒が、人類教会の司祭とは）

フィンゼルは胸中で呟(つぶや)く。

〈使徒(アポストル)〉――〈虚無〉の〈女神〉に仕える秘密結社。

彼らが、〈虚無福音派〉の幹部であったフィレットに接触してきたのは、ちょうど六年前。〈第〇三戦術都市(サード・アサルト・ガーデン)〉壊滅の報が〈帝都〉を揺るがした直後のことだ。

〈使徒〉は、フィンゼルに人智を超えた叡智(えいち)を与えてくれた。

〈聖剣〉の力に恵まれず、ほかの兄弟より才能に劣る彼が、財団の中で現在の地位まで上り詰めることができたのは、彼等のおかげだった。

その叡智の見返りに、彼等はある計画の支援を要求した。

〈聖剣〉の力を反転させ、〈魔剣〉使いを生み出す――〈魔剣計画〉だ。

「計画を急ぐ必要が出てきましたので、進捗を伺いに来ました」

「――〈魔剣計画(D.Project)〉は順調です。〈第〇七戦術都市(セヴンス・アサルト・ガーデン)〉での実験も成功しました」

雇い入れた〈桜蘭(おうらん)〉の傭兵(ようへい)集団を、使い潰しただけの価値はあった。〈女神〉の因子を組み込んだ人造精霊(アーティフィシャル・エレメンタル)〈セラフィム〉は、ほぼ完成に近付いている。

「たしかに、〈魔剣〉の〈ヴォイド〉化までは確認しました。それは素晴らしい」

青年司祭は微笑(ほほえ)み、手をパチパチと打ち鳴らした。

「しかし、次の段階はまだのようですね」

「は――実戦での試験が必要です。近日中に、成果をお見せできるかと」

「――〈聖剣剣舞祭〉。〈聖剣〉の力を称(たた)える、人類の祝祭ですね」

「最精鋭の〈聖剣士〉が集まる機会です。舞台としては申し分ありません」

「たしかに」

「ところでネファケス卿(きょう)――」

と、フィンゼル・フィレットは、声に焦燥を滲(にじ)ませて、

「約束は守っていただけるのでしょうな。この計画が成功すれば、私に拝謁を――」

「ええ、もちろんです。〈女神〉への拝謁を認めましょう」

青年司祭は穏やかな微笑で頷(うなず)いた。

「おお、ついに……」

〈女神〉――〈虚無〉より生まれ、無限の叡智(えいち)を授ける神。

——人類に〈聖剣〉を与えた存在。

（もうすぐだ。もうすぐわたしは、兄を、父さえも超えることができる！）

フィンゼルの胸を、歓喜の愉悦が満たす。

——だが。

「しかし、気を付けてください——」

ネファケスは突然、その微笑を消した。

「気を付ける？」

「〈第〇七戦術都市〉——あの都市には、なにかがいるようです」

「なにか——とは？」

と、眉根を寄せるフィンゼル。

「わかりません。なにか特異点のようなものが、あの都市には確かに存在する。それこそが、〈女神〉の預言に狂いをもたらしている可能性がある——」

「ふむ……〈第〇七戦術都市〉、ですか」

ふと、彼の脳裏をよぎったのは、数年前に出奔した妹のことだ。

——エルフィーネ・フィレット。

優秀な〈聖剣〉の力に目覚めたにもかかわらず、その地位を捨てた愚か者。

（……まさか、な）

ほんの一瞬浮かんだ、馬鹿げた考えを振り払うように、フィンゼルは首を振った。

「——委細、承知いたしました。ご安心ください、〈使徒(アポストル)〉よ」

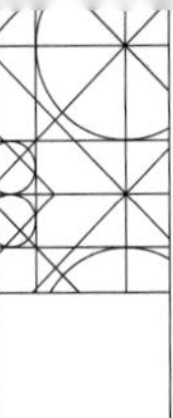

第三章　強化合宿

Demon's Sword Master of Excalibur School

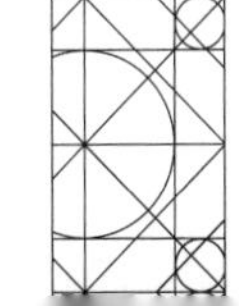

カーテンの隙間から、陽光が射し込む。

「……ん、う……ん……」

寝間着姿のレオニスは、眠い目をこすりつつ起き上がった。

最高級のベッドは、身体が沈み込むようにふかふかだが、石棺の中で眠るのが習慣であったレオニスには、あまりなじまない。

（寮のベッドのほうが、かえって寝心地はよかったかもしれんな）

そんな感想を抱きつつ、カーテンを閉めた。

ふと横を見ると、隣のベッドはもぬけの空だ。

浴室から水音が聞こえてくる。

先に起きたリーセリアが、シャワーを浴びているのだろう。

（……今のうちに、シャーリの報告に眼を通しておくか）

ごろん、と横になったまま、端末を起動する。

指先で何度かタップすると、シャーリからの報告が上がってきていた。

〈ゾール・ヴァディス〉の配下にした集団、〈狼魔衆〉に関して。

まずは地下ダンジョン。〈魔王城〉の建設は順調に進んでいる、とのことだ。下層では魔物が自然発生し、配下の訓練相手になっているという。また、レーナ・ダークリーフは予定通り、〈帝都〉の地下組織との交渉準備を始めているそうだ。

交渉に成功すれば、配下の数は倍増することだろう。

(……うむ、順調でなによりだ)

承認する、とだけ打ち込んで、返事を返した。

ほかに、〈帝都〉でお薦めのレストランの情報も添付されていたので(こちらの情報のほうが多かった)、一応、そちらにも目を通しておく。

(ふむ、本物のピザ窯のある店、か……なるほど)

——と、その時だ。

「しょーねんっ、なにを見てるんですか♪」

突然、背後からむぎゅっと抱き締められた。

「レ、レギーナさん!?」

レオニスが、あわてて振り向くと——

下着にバスローブを羽織っただけの、ラフな格好のレギーナだった。

(……って、ラフすぎる!?)

濡(ぬ)れそぼったツーテールの金髪。シャワーを浴びたあとなのだろうか。ほのかに色づいた肌からはほんのり湯気が立ち上り、フローラルなシャンプーの匂いがする。

「……って、なんでこの部屋に!?」

「お嬢様に、モーニングコールを頼まれたので」

レギーナは肩をすくめた。

「なんで下着なんですか！」

「着替えるのが面倒だったので、そのまま来ちゃいました」

「フロアをバスローブ姿で!?」

たしかに、ここのフロアは貸し切りで、誰にも見られることはないが。

「あと、少年を困らせてみたくて」

ぺろっと舌を出すメイド。

（……っ、やはりか！）

レオニスはぐぬ、と唸る。

……不覚だった。完全に油断していた。

「ずいぶん熱心に見てましたけど、ひょっとして、えっちなものを見てました？」

彼女は悪戯っぽく微笑むと、端末を覗き込もうとする。

やわらかい胸が、レオニスの背におしつけられて、ふよんと形を変える。

「ち、違います！」

「思春期の少年なら、しかたないですよ」

「違いますって！」

レオニスは端末をお腹に隠した。

……シャーリの報告を見られたら、面倒なことになる。

「大丈夫です、お姉さんは秘密にしててあげますから」

「〈聖剣剣舞祭〉の出場チームのことを調べてたんですよ」

レオニスはなんとか口実を見つけて誤魔化した。

「〈聖剣〉の分析なら、セリアお嬢様がしてますよ」

「僕が知りたいのは、各部隊のエースの情報です」

「エース、ですか……」

「ええ、戦術はエースを軸に組み立てる。第十八小隊は、メインアタッカーの咲耶を軸に戦術を立てていたでしょう？」

「ですね」

「エースを知れば、おのずと各部隊の取り得る戦術がわかるはずです」

「……なるほど、たしかに」

と、真面目な顔で頷くレギーナ。

「有力な〈聖剣士〉といえば——シャトレス様ですね」

「シャトレス？」

「シャトレス・レイ・オルティィリーゼ。第三王女様ですよ」

――第三王女。

「それは、つまり――」

「わたしのお姉さん、ですね」

レギーナは呟くように言う。

レギーナは、廃嫡された元第四王女だ。

……ということは、一つ上の姉、ということになる。

「シャトレス王女は、十四歳で〈帝都〉の〈エリュシオン学院〉の代表に選出されて以来、三年連続で〈聖剣剣舞祭〉に出場しています。一度目の出場は〈聖剣学院〉の代表に優勝を譲ったものの、ここ二年は彼女の部隊が優勝しているんです。〈聖剣〉――〈ドゥームブレイド〉は、近接型の〈聖剣〉で、大型の〈ヴォイド〉を倒してます」

「ずいぶん詳しいんですね」

「……普通ですよ、普通」

――といいつつ、わずかに目を逸らすレギーナ。

やはり、どこかで姉の存在を意識していたのだろう。

「まあ、さすがに、特別招待枠であたることはないと思いますけど」

――と、その時。

「レギーナ、な、なにをしてるの⁉」

リーセリアが浴室の扉を開けて、出てきたのだった。

「お嬢様、少年がえっちなものを――」

「だから、見てません！」

◆

ホテルの部屋で簡単な朝食をとった後、全員で訓練施設へ向かった。

ホテルから徒歩で十五分ほどの場所にあるそこは、フィレット社が、対〈ヴォイド〉兵器の開発に使用している試験場だ。

巨大なドームの建物へ向かって歩く。

その道すがら、レオニスはエルフィーネに訊ねた。

「あの、エルフィーネ先輩」

「なに、レオ君？」

「先輩は、実家に弓を引く形になりますよね。それだと、先輩の立場も、悪くなってしまうんじゃないでしょうか」

昨日の話で、少し気になっていたのだ。

――〈魔剣計画〉の全貌を明らかにすれば、フィレット家は瓦解するだろう。

「……そうね」

と、彼女は微笑んで、

「……それは、覚悟の上よ」

「そう……なんですね」

「デインフロード・フィレット伯爵は、冷徹な男だったわ」

エルフィーネは静かに口を開く。

「二人の兄と、姉――そして、私を後継者として争わせた。〈聖剣学院〉に逃げ出した私は、失格の烙印を押されたわ。私の母も殺された」

「……殺された？」

訊き返すが、エルフィーネはそれには答えない。

「それでも、フィレットの名を捨てなかったのは、この力が役に立つからよ。すべてを壊した後で、わたしはフィレットの名を捨てるわ」

決然とした表情で晴れ渡る空を見上げ、そう告げるのだった。

◆

「――ここなら、存分に訓練ができそうねっ！」

訓練場のゲートの前で、リーセリアは満足そうに頷いた。

フィレット社の兵器試験場は、遠目に見た時よりも、はるかに大きく見えた。

真っ白なドームの周囲には〈魔力炉〉に繋がれた配管が走り、なにやら巨大なコンテナと接続されているようだ。

「あ、〈ヴォイド・シミュレータ〉もありますよ、壊していいんでしょうか」

レギーナが指差した先には、蜘蛛のような姿をした金属の塊があった。

〈聖剣学院〉でも使用されている、演習用の兵器だ。

レオニスが入学した初日に一機壊してしまったが、じつはとんでもない価格らしいと後でディーグラッセ教官に聞かされた。

「……ええと、備品は、あまり壊さないでくれると助かるわ」

エルフィーネが苦笑する。

「で、ですよねー……」

と、答えるレギーナの横で、咲耶もちょっと残念そうな顔をしていた。

……ともあれ、ここの設備はかなり充実しているようだ。

訓練施設としては、申し分ないだろう。

(リーセリアの魔術の訓練もできそうだな――)

彼女の修行をサポートしている〈ログナス三勇士〉は、レオニスが〈帝都〉にいる間、〈第〇七戦術都市〉の守護にあたらせている。

そのため、合宿期間中はレオニスがつきっきりで指導することになる。

眷属の成長を確かめる、いい機会になるだろう。

レオニスたちはゲートでチェックを済ませ、試験場の中に入った。

「……すごい!」

リーセリアが驚きの声を上げる。

高さの異なる無数の壁がそそり立ち、まるで人工物の森のようだ。

「〈聖剣剣舞祭〉でも使われる、市街戦闘用のフィールドを用意してもらったわ」

「……なるほど。実践的ですね」

「あの壁、ぶち抜いてしまっていいんです?」

「今回はだめよ」

リーセリアは首を振る。

早速、二つのチームに分かれ、模擬対抗試合をすることになった。相手を全滅させるか、相手陣地のフラッグを奪った方が勝ち、というシンプルなルールだ。

防御側は、咲耶とエルフィーネ。

それに蜘蛛形の〈ヴォイド・シミュレータ〉が三体。

攻撃側は、リーセリアとレオニス、レギーナの構成だ。

「フィーネ先輩と咲耶の組み合わせ、手強いわね」

「……でしょうね」

と、レオニスは頷く。

この地形を考えると、エルフィーネが頭上からこちらの位置を把握し、その情報を元に、咲耶が神出鬼没の攻撃を仕掛ける、という戦術をとってくるだろう。対して、こちらはリーセリアとレオニスが先行しつつ、後方の高台よりレギーナが援護する形だ。

(……まあ、正攻法だな)

「それじゃあ、さっそく始めるわよ！」

リーセリアの合図で、訓練試合が始まった。

◆

──〈セントラル・ガーデン〉の大通りを、一台の大型ヴィークルが通り過ぎる。

外見は、一般的なヴィークルとさほど変わらない。しかし、その中身は別物だ。

ウィンドーのガラスには魔導技術による特殊な処理がほどこされ、外から中を覗くことはできない。また、ボディの装甲は軍用車両に匹敵する。

　王族専用車両。その後部座席に座るのは、十二歳の幼い少女だ。

　少女が両腕に抱えるのは、額に紅い宝石の嵌め込まれた、ウサギに似た生き物。

　精霊――〈カーバンクル〉。〈人造精霊〉ではない、〈原初の精霊〉だ。

〈原初の精霊〉を使役する力を持つのは、三王家の中でもオルティリーゼだけである。

「嬉しいです、シャトレス姉様とお出かけできるなんて」

「――演習など、たいして面白いものではないぞ」

　と、向かいの席に座る第三王女が答える。

　その表情は冷たく見えるが、とくに機嫌が悪いわけではない。

　むしろ、普段の彼女を知る部下たちが見れば、すこぶる上機嫌だと察するだろう。

　ヴィークルが向かっているのは、〈フィレット〉の所有する兵器試験場だ。

　以前は、〈帝都〉のエレワートル学院の訓練施設を使っていたのだが、最強にして、見目麗しいシャトレスの訓練風景を見るため、学生や記者が押し寄せ、ほかの部隊に迷惑がかかってしまうため、今年は場所を移すことにしたのである。

（……やれやれ、〈聖剣〉は、見世物ではないのだがな）

　もっとも、今年の〈聖剣剣舞祭〉は、シャトレスの他にも注目される選手がいる。

　とくに話題に上っているのは、〈聖剣学院〉に在籍する、クリスタリア公爵の娘だ。

特別招待枠で参戦するそうだが、〈聖剣〉を宿して、まだ数ヶ月だという。

（……実力が伴わぬ者が上がれるほど、甘い舞台ではないのだがな）

シャトレスは胸中で嘆息する。

リーセリア・クリスタリアに思うところはないが、英雄の娘を利用しようとする貴族連中には、多少の苛立ちを覚える。

「わたしも早く〈聖剣〉を宿して、姉様と同じ部隊に入れるといいのですが」

カーバンクルの額を撫でながら、アルティリアが呟く。

「私のような、戦闘向きの〈聖剣〉が宿るとは限らんぞ」

「……そうですね。それればかりは、星の導きですね」

あの事件以来、アルティリアは大人びた表情を見せるようになった。

元々、聡明な妹だったが、王族としての自覚が出てきたようだ。

（……願わくば、戦場には出て欲しくないものだが、な）

◆

「――行くわよ、レオ君」

「はい！」

レオニスはリーセリアの後を追って駆け出した。

目の前には壁のオブジェクトが立ちはだかり、視界を制限する。

壁を壊してはならない、というルールがあるため、なかなか厄介だ。

ここのフィールドでは、高台に陣取るレギーナの目視だけが頼りになる。

無論、遠見の〈魔眼〉などを使えば、視界を確保できるが――

(……ルールに縛られるのも、また一興か)

レオニスは普段の訓練試合でも、第二階梯(かいてい)以上の魔術を封印している。

〈魔王〉も〈六英雄〉も、ルールなど知ったことかという連中ばかりだったので、このような試合は、案外楽しめるものだ。

「――セリアさん、上から来ますよ！」

と、レオニスは足を止め、警告の声を放った。

頭上に巨大な影が落ちる。

蜘蛛(くも)のような姿をした、鋼の兵器――〈ヴォイド・シミュレータ〉だ。

「はあああああああっ！」

リーセリアが〈誓約の魔血剣(ブラッディ・ソード)〉を一閃(いっせん)。

血の刃(やいば)が吹き荒れ、鋼鉄の蜘蛛に襲いかかる。

ギャリリリリリリリリッ！

一瞬で、計十四箇所のダメージ判定部位を正確に破壊。

〈ヴォイド・シミュレータ〉はあっけなく行動不能に陥った。

「お見事です――」

眷属(けんぞく)を褒めつつ、レオニスは反対側から現れたもう一体を〈小雷砲(ヴィルガ)〉で叩(たた)き潰した。

鋼の装甲が歪(ゆが)み、蜘蛛の多脚が無惨にひしゃげて床にめり込む。

(……まさか、この程度で壊れはしないだろうな)

レオニスが思わず、冷や汗を浮かべた、刹那。

煙を噴き上げる蜘蛛の腹部から、発光する球体が飛び出した。

「……っ⁉」

エルフィーネの〈聖剣〉――〈天眼の宝珠(アイ・オブ・ザ・ウイッチ)〉だ。

三機の〈宝珠〉が三方向に展開し、レーザー光を放ってくる。

レオニスは咄嗟(とっさ)に、壁のオブジェクトの後ろに飛び込んだ。

レーザー光が壁にあたり、火花が散る。

(――〈聖剣〉で、鋼の蜘蛛を遠隔操作をしていたのか)

〈宝珠〉は高度を上げ、レオニスの頭上に回り込んでくる。

「レオ君っ――!」

叫び、リーセリアが〈聖剣〉を振り下ろした。

放たれた血の刃（やいば）が、真上にいた一機を真っ二つに斬り飛ばす。

が、同時に残りの二機が左右に展開し、リーセリアを照準する。

と——

ザシュンッ！

——眩（まばゆ）い一条の閃光（せんこう）が、二機の〈宝珠〉を同時に穿（うが）ち抜く。

光の粒子を散らし、虚空に消える〈宝珠〉。

『——お嬢様、援護します！』

耳の通信端末に声が聞こえた。後方の高台に陣取るレギーナだ。

伏射姿勢で〈竜撃爪銃（ドラグ・ストライカー）〉を構えている。

「あの距離で……さすがですね」

「レギーナの射撃の腕は、学院一よ——」

——と、リーセリアは〈聖剣〉の切っ先を、レオニスの肩越しに突き込んだ。

光の粒子がはじけ飛ぶ。壁オブジェクトの裏側にもう一機、伏兵がいたのだ。

『気を付けて、近くにまだ数機隠れてます！』

レギーナが警告の声を発した。

同時、もう一機の〈宝珠〉が頭上に舞い降りて——、

カッ——と閃光を放った。

眩い光が、あたりを白く塗り潰す。

「……っ、目眩まし!?」

レーザー光の応用だ。

〈ヴォイド〉相手には使えないだろうが、対人戦では奇襲的な効果がある。

「――〈小雷砲〉！」

レオニスが雷系統の第一階梯魔術を唱え、発光する〈宝珠〉を破壊する。

が、背後に、もう二機の〈宝珠〉が現れ、レーザー光を放ってくる。

「……っと――」

あわてて、壁の背後に隠れるレオニス。

足もとの地面がじゅっと焦げて、小さな煙が上がる。

〈――やるわね、レオ君。読まれていたかしら？〉

飛行する〈宝珠〉から、エルフィーネの声が聞こえてくる。

「エルフィーネ先輩、出力高くありませんか!?」

「レオ君なら、簡単に避けると思って♪」

〈宝珠〉の向こうで、ふふっ、と微笑するエルフィーネの姿を幻視する。

（……っ、模擬戦にかこつけて、俺の実力を測ろうとしているのか？）

彼女は、レオニスが力を隠していることを疑っている節がある。

迂闊にも、彼女の前で、何度か〈魔王〉の力の一端を見せてしまったのだ。

「買いかぶりですよ、先輩」

「レオ君、包囲される前に、一気に突破しましょう――」

「わかりました！　来たれ、夜の闇よ――〈闇霧〉」

あたりに魔術の煙幕を張り、レオニスは一気に走り出す。

と――

「――させないよ、少年」

虚空を薙ぐ剣閃。

紫電の雷光が弾け、闇の霧が一気に斬り払われる。

「……っ!?」

翻る〈桜蘭〉の白装束。

壁を飛び越え、タッと下りてきたのは、〈聖剣〉――〈雷切丸〉を構えた少女だ。

「咲耶さん……」

レオニスは立ち止まり、〈封罪の魔杖〉を構える。

フィールドの中では比較的広い場所だが、左右は壁に囲まれ、逃げ場はない。

（……これは、うまく誘い込まれたな）

壁に囲まれ、レギーナの援護射撃も受けにくい場所だ。

気づかぬうちに、エルフィーネの〈宝珠〉に誘導されていたのだろう。

フラッグへたどり着くには、眼前の咲耶を倒すしかない。

「レオ君、後ろへ下がって。先輩の〈宝珠〉をお願い」

――と、リーセリアがレオニスを庇うように、前に進み出た。

〈誓約の魔血剣〉を構え、真剣な目で咲耶を見つめる。

「咲耶、押し通らせてもらうわ」

「一騎打ちか。悪いけど、先輩は、まだ剣ではボクには勝てないよ」

「……そう、かもね」

咲耶の言葉は事実だ。

成長著しいリーセリアだが、咲耶の剣技は、ほかの学院生とは比較にならない。

無論、そんなことは、リーセリアは百も承知だろう。

「――けど、勝負はなにが起きるかわからないわ！」

リーセリアは、自身の手首に〈聖剣〉の刃をあて、地面に血を散らした。

「はあああああああっ――！」

魔力を放出しつつ地を蹴って、一気に距離を詰める。

重心はやや左。そう、彼女に勝機があるとすれば――

咲耶が眼帯を付けている、左目の側だ。

視野が狭い上、片目では距離が掴（つか）みにくい。

「刃（やいば）よ、舞え——〈血華螺旋剣舞（ブラッディ・スパイラル）〉！」

〈吸血鬼の女王（ヴァインパイア・クイーン）〉の声に応え——

地面に散った血が、無数の刃の旋風となり、〈聖剣〉の切っ先に宿る。

如何（いか）に咲耶とて、荒れ狂う斬撃の嵐をすべて躱（かわ）すことはできまい。

——だが。

咲耶が、右足を踏み込んだ。

〈雷切丸（らいきりまる）〉の刃に、紫電の雷光がほとばしる。

「水鏡（みかがみ）流剣術——〈迅雷（じんらい）〉」

パァンッ——！

音がした時には——すでに勝負は着いていた。

二人の姿が一瞬交わった、その直後。

リイイイイイインッ——！

ガラスの割れるような、透き通った音をたて——

リーセリアの〈聖剣〉は砕け散った。

「……っ！」

〈聖剣〉を振り抜いた姿のまま、リーセリアは前に倒れる。

（……届かなかった、か）

――とはいえ、咲耶も手を抜いたわけではないだろう。

一流の剣士である咲耶に、本気の技を使わせただけで、善戦したといえる。

……本人は悔しそうだが。

「僕も降参です」

エルフィーネの〈宝珠〉に取り込まれ、レオニスは両手を挙げた。

レオニス一人で勝つことは簡単だが、それでは訓練の意味が無い。この模擬試合は、リーセリアが咲耶との一騎打ちに持ち込まれた時点で、エルフィーネの戦術勝ちだ。

『わたしも降参です！』

後方の高台で、レギーナが白旗を振るのが見えた。

「も、もう一回よ！」

リーセリアは立ち上がり、〈聖剣〉を呼び出した。

魂の形である〈聖剣〉は、一度砕けてしまうと修復に時間がかかるようだが、彼女の心は、まだまだ折れないようだ。

（……俺の眷属は、意外に負けず嫌いだな）

〈それじゃ、フィールドを変えて仕切り直すわね〉

「はい、お願いします！」

――と、その時だ。

〈……え、ちょっと、待って、フィールドの中に何かが侵入したみたい――〉

「え？」

〈……壁の上を、なにかが走って……ウサギ？〉

◆

「……ウサギ？」

エルフィーネの声に反応して――

ふと、上を見上げたレオニスが発見したのは、一匹のウサギだった。

壁のオブジェクトの上を、ぴょんぴょん軽やかに跳びはねている。

ウサギが、あんな高い場所を跳ぶものだろうか。

いや、跳ぶというより、宙にふわりふわりと浮かんでいる感じだ。

ウサギがはねるたび、あわい光の粒子があたりに舞い散る。

（……精霊？）

と、レオニスは眉をひそめた。

……間違いあるまい。しかも、見覚えがある精霊だ。

わずかな光を纏(まと)う白い体毛と、額の紅(あか)い宝石。

あれは――

「あれは、モフモフ大福丸(だいふくまる)！」

咲耶(さくや)が精霊を指差して言った。

「咲耶、知ってるの？」

「知らないな。けど、モフモフふわふわしてることは間違いない」

「たしか、第四王女様の精霊ですよ――」

なぜか自信たっぷりに腕組みする咲耶を無視して、レオニスは言った。

（……たしか、〈カーバンクル〉だったか？）

〈ハイペリオン〉で、王女と一緒にいた〈原初の精霊(ワイルド・エレメンタル)〉だ。

「あ、そういえば、似てるわね。でも、どうして王家の精霊が……？」

――と、その時。

「ま、待って、〈カーバンクル〉、どこへ行くの!?」

「殿下、危険です！　中では訓練が行われていますので――」

施設の外で、なにか言い争うような声が聞こえてきた。

「よくわからないけど、捕まえたほうがいいわよね」

「ボクにまかせて――」

咲耶（さくや）が跳躍し、タッと壁の上に跳び乗った。

さすがの健脚で、あっというまに跳びはねる精霊に追いついて、

「捕まえたよ、モフモフ大福丸（だいふくまる）――」

両腕で捕らえようとするも、精霊はひょいっとすり抜けた。

「……あれ？」

「咲耶さん、精霊だから、実体がないんです！」

「咲耶、がんばって！」

「ええっ、どうすればいいんだ？」

困惑する咲耶をよそに、〈カーバンクル〉は壁の上を逃げていってしまう。

光の粒子を散らしつつ、走り去るその先には――

「大丈夫です、こっちでキャッチします！」

高台の上で、レギーナが両手をひろげている。

……そういえば、レギーナには精霊使いの力があるのだ。

「ここはレギーナに任せましょう」

リーセリアが言った、その時。

「――壁が邪魔だな」

「お姉様（ねえさま）、何をするつもりですか!?」

「アルティリア、少し下がっていろ。――〈聖剣起動〉！」

フィールドの外で、凛とした少女の声が聞こえて――

カッ――と真紅の光芒が閃く。

ズアアアアアアアアアアアアアンッ！

轟音と共に、フィールドの壁オブジェクトが派手に砕け散った。

（……っ、なんだ!?）

咄嗟に、レオニスは防御結界を展開し、爆風からリーセリアを守る。

立ちこめる真っ白な砂埃。魔力によって壁オブジェクトの形状を保持していた粒子が、サラサラと砂のように崩れ落ちる。

「……けほっ、けほっ……な、なに!?」

リーセリアが咳き込みつつ、レオニスの腕を掴んだ。

アラートが鳴り響き、試験場の空調設備が緊急稼働する。

砂埃が晴れて、そこに現れたのは――

ひと振りの大剣を手にした、軍服姿の少女だった。

輝く美しい金髪。凛とした光をたたえた、翡翠色の瞳。

「……っ、シャトレス……王女殿下？」

「え？」

と、レオニスはリーセリアのほうを振り向く。

……シャトレス、どこかで聞いた名前だ。

たしか、今朝レギーナが――

「シャトレスお姉様、乱暴すぎます！　訓練中の人がいるんですよ」

「これが一番手っ取り早い。それに、手加減はした」

軍服姿の少女の後ろから、すぐにもう一人の人影が現れた。

清楚なドレスに身を包んだ、レオニスと同じ年頃の少女――

「……アルティリア様!?」

「……え？　あ……えええええっ!?」

と、リーセリアに名前を呼ばれた、その少女――

アルティリア・レイ・オルティリーゼは、目を丸くして声を上げた。

◆

「……えっと……アルティリア様、どうしてここに？」

ひとまず、王女が落ち着くのを待ってから、リーセリアは話しかけた。

「は、はい、シャトレスお姉様の部隊が、隣の施設で〈聖剣剣舞祭〉の模擬訓練をするというので見学に来たのですが、〈カーバンクル〉が突然、逃げ出して――」

……そういえば、隣の訓練施設は別の部隊が使用するのだったか。

(――まさか、今朝話していた、エース様の部隊とはな)

シャトレス・レイ・オルティリーゼ。

〈帝国〉の第三王女にして、〈聖剣剣舞祭〉の優勝候補。

王族であれば、専用の訓練施設くらいありそうなものだが――

(……いや、そうとは限らない、か)

〈統合帝国(インペリアル)〉の王族は、一〇〇〇年前の王族とは、少し立場が違うのだろう。

「訓練の邪魔をしたのはすまなかった。緊急事態だったのでな。あれは王家の精霊、万が一、なにかあったらことだ」

と、シャトレスが一応、謝意を口にした。

やはり、壁を破壊したのは、彼女の〈聖剣〉のようだ。

単純な破壊力だけの〈聖剣〉ではなさそうだが、はたして――

「それで、〈カーバンクル〉は――」

「あ、こっちで捕まえておきました」

レギーナ、咲耶(さくや)、エルフィーネが、崩れた壁の上を歩いてくる。

レギーナの両腕には、淡く輝く精霊が抱えられていた。

さっきまで、あんなに跳ねていたのに、おとなしくくるまっている。

「……カーバンクル！」

レギーナが近づくと、精霊はぴょんと跳ねてアルティリアの腕に収まった。

「もう、どうしたの？　急に逃げ出すなんて……」

王女はむぅ、と頬を可愛く膨らませて、

「捕まえてくださって、ありがとうございます」

と、レギーナに頭を下げる。

「い、いえ、お構いなくですわ」

動揺して、まるでフェンリスのような口調になるレギーナ。

（そういえば、妹と直接対面するのは、初めてか――）

〈ハイペリオン〉の事件の時は、二人が直接顔を合わせることはなかったはずだ。

「でも、不思議ですね。精霊のカーバンクルが、わたし以外の人に懐くなんて……」

「ふ、不思議ですわね、ほほほ」

と、また変な口調で誤魔化すレギーナ。

彼女と〈カーバンクル〉は、あの事件の時に共に戦った相棒だ。ひょっとすると、あの精霊は、レギーナの気配を感じて会いに来たのかもしれない。

アルティリアは、第十八小隊のメンバーをあらためて見回して、

「皆さんには、ずっと、直接お礼を言いたかったのです。気を失って、あの時の記憶は曖昧なのですが、皆さんが勇敢に戦って下さったお陰で、命を救われました」

と、スカートの裾を摘んで、丁寧に頭を下げた。

「いえ、王女殿下をお守りするのは、〈聖剣士〉の務めです」

と、リーセリアも臣下の礼で頭を下げる。

「妹を救ってくれたことには、姉として感謝する」

シャトレスはわずかに頭を下げた。

沙羅の花のような金髪が、彼女の頬に落ちかかる。

レギーナ、アルティリアに似て、容姿は美しいが、その翡翠色の瞳は冷徹な印象だ。

（……俺の配下だと、〈闇の巫女〉イリスがこんな感じだったな）

と、そんな感想を抱いていると――

レオニスの視線に気付いてか、彼女は怪訝そうに眉をひそめた。

「〈聖剣学院〉の制服……まさか、お前達の部隊には、子供がいるのか？」

「はい、彼は子供ですけど、第十八小隊のエースです」

「……なんだと？」

エルフィーネが答えると、シャトレスはレオニスを鋭く睨んだ。

「――ありえん。特別招待枠だからといって、〈聖剣剣舞祭〉を愚弄しているのか」

「シャトレス姉様！」

アルティリアが窘めるが、シャトレスは冷徹な視線を向けたままだ。

（――俺が寛大な魔王で命拾いしたな）

獣魔王ガゾスか、ヴェイラあたりであれば、不敬罪で灰にしているところだ。

無知は恥ではあるが、罪とまでは思わぬ。

俺の正体を知るその日まで、せいぜい侮らせておくとしよう。

「あの、お言葉ですが、王女殿下――」

――と、そんなレオニスの胸中に反して、王族に喧嘩を売る者がいた。

リーセリアである。

「……ん？」

シャトレスは、腕組みしたままリーセリアを見下ろして、

「貴様は、たしか、クリスタリア公爵の娘だったな――」

「はい、〈聖剣学院〉代表、リーセリア・レイ・クリスタリアです」

透き通った蒼氷の目で、彼女はシャトレスを真っ向睨み返す。

「私は、〈第〇三戦術都市〉の英雄である、クリスタリア公爵を尊敬している。が、お前を認めたわけではない。私の前で、無様な試合は見せるなよ」

「はい、王女殿下の部隊とも、戦えることを楽しみにしております」

リーセリアらしからぬ、挑発的な態度だった。

（……もしかして、かなり怒っているのか？）

よく見れば、彼女の白銀の髪が、魔力を帯びてわずかに光り輝いている。

真面目で優しいリーセリアだが、怒ることもあるのだ。

そんな、彼女の静かな怒気に気圧された、というわけでもないのだろうが――、

「――行くぞ、アルティリア」

シャトレスはサッと踵を返し、出口のほうへ歩いていく。

「あ、姉様――」

姉を呼び止めるか、わずかに逡巡して、王女はレオニスたちのほうを振り向いた。

「すみません、姉がご無礼を。あの、また、お会いできると嬉しいです――」

「はい、次は〈聖剣剣舞祭〉の会場でお目に掛かりましょう、殿下」

静かに頭を下げるリーセリア。

それから、王女はなぜか頬を赤く染めて、

「楽しみにしております。その、レオニス君も……」

レオニスに会釈すると、姉の背中を追い、あわただしく走り去るのだった。

「……？」と、首を傾げるレオニスの横で、

「少年は、本当に夜の魔王になりそうですね」

レギーナが呆れたように言う。

「なんですか、それは」

「そのままの意味です」

レギーナは肩をすくめると、アルティリアの背中を見つめる。

……少し、寂しそうな笑顔で。

彼女の出自を明かすことは、固く禁じられているらしい。

災厄の〈凶星〉に呪われた王女は、この世界に存在しないことになっているのだ。

そんなレギーナの肩に、リーセリアが優しく手をのせた。

「さあ、訓練の続きをしましょう」

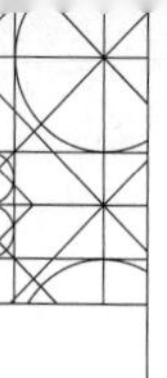

第四章　嵐の予兆

——午前中の訓練が終了した。

第四王女の訪問という、予定外の出来事があったが、リーセリアの立てた訓練予定を、ほぼこなし終えたことになる。

合宿一日目は、軽い訓練メニューなのかと思えば、なかなかヘビーな内容だった。

普段、あまり基礎体力訓練をしていないエルフィーネはもちろん、レギーナも息を切らし、グラウンドにへたりこんでいる。

（……っ、度しがたいな、人間の肉体というものは）

魔力強化なしには、十歳の子供の体力しかないレオニスも、もちろんへとへとだ。

平気なのは、平然と素振りを続けている咲耶（さくや）と、リーセリアだけである。

（……こうなると、〈不死者（アンデッド）〉の身体（からだ）が羨ましいな）

まったく疲れた素振（そぶ）りを見せない眷属（けんぞく）の少女に、恨めしい眼（め）を向けるレオニスである。

「明日からは、本格的な訓練メニューを用意したわ！」

「ええー……お嬢様、飛ばしすぎでは？」

「〈聖剣剣舞祭〉まで、あと一週間もないのよ。それに、せっかくフィーネ先輩がこんな立派な合宿施設を提供してくれたんだし」

　リーセリアはびしっと腰に片手をあてつつ、

「けど、まあ、無理をしすぎるのもよくないわね。お昼の休憩は長めにとりましょう」

　途端、レギーナの表情がパッと明るくなる。

「あ、じゃあじゃあわたし、ホテルのマッサージに行ってきますね。フィーネ先輩も、一緒にいかがですか？」

「そうね。それじゃあ、あとで一緒に行きましょう」

　ふとももを揉みほぐしつつ、頷くエルフィーネ。

「ボクは、〈帝都〉のたい焼き狩りに行ってくるよ」

〈雷切丸〉を虚空に消した咲耶は、懐からガイドブックを取り出した。

　……たい焼き狩りとはなんだろう、と疑問に思うレオニスだが、

「そう……レオ君は、どうする？」

　リーセリアに訊かれて、レオニスは少し考えた。

　正直、高級ホテルのマッサージを体験してみたいところだが、勝手にマッサージを受けると、シャーリが「それはわたしの仕事です！」と怒りそうだ。

　……であれば、少し〈帝都〉のことを調べるか。

「せっかくですし、〈セントラル・ガーデン〉を観光してみたいなと」

「わかったわ。それじゃあ、わたしが案内してあげるわね」

「セリアさん、〈帝都〉は詳しいんですか？」

「ええ。お父様の公務で、何度か来たことがあるから、〈セントラル・ガーデン〉の有名な場所くらいは案内できるわよ」

と、リーセリアはひと差し指をたてて頷(うなず)くのだった。

◆

ホテルで小型のヴィークルをレンタルし、〈セントラル・ガーデン〉に移動した。

レオニスはリーセリアの腰に掴(つか)まりながら、市街の景色を眺める。

海水濾過(ろか)用の街路樹の並んだ街並みは、〈第〇七戦術都市(セヴンス・アサルト・ガーデン)〉とそう変わらない。

「あの建物が、王宮ですか？」

レオニスは通りの遥(はる)か先に見える、巨大な建造物を指差して尋ねた。

無数の尖塔(せんとう)のそびえ立つ、石造りの宮殿。このあたりに建ち並んでいる積層構造物とは明らかに異質な、伝統を感じさせるデザインだ。

「ええ、〈統合帝国(インペリアル)〉が発足する前の、旧王国時代のお城を、ブロックに分割して移設したらしいわ。もちろん、中はリフォームされているけれど」

リーセリアが答える。

「〈帝国〉の皇帝は、あそこに住んでいるんでしょうか」

「王族がお住まいになっているのは別邸よ。王宮は、あくまで政務の場所だから」

(……ふむ、そこは明確に分けられているのだな)

一〇〇〇年前の人間の王族は、宮殿の中に部屋を作ったものだが。

「軍の施設は、どこにあるんですか？」

「近衛(このえ)騎士団の駐屯地は、王宮の敷地内にあるわ。主な任務は王宮と三王家の警護。〈ヴォイド〉と戦う大規模な軍の施設は、第Ⅱフロートと第Ⅶフロート、第Ⅸフロートに集中しているわね。もちろん、他の各フロートにも部隊が駐留しているわ」

「――なるほど」

大通りを抜けると、なだらかな丘のある公園広場が見えてきた。

「ここは戦勝記念広場。六十二年前、皇帝陛下と聖剣騎士団が、〈ヴォイド〉の軍勢に打ち勝った場所よ。わたしのお祖父様(じいさま)もその戦いに参加しているわ」

「それじゃあ、あの像が皇帝の像なんですか？」

広場の中央には、雄々しく剣を掲げる青年の巨大な像があった。

「ええ、皇帝陛下が〈聖剣〉――〈エクスキャリバー〉を顕現させているところね。皇帝陛下の〈聖剣〉は、現在確認されている中で、最強の〈聖剣〉とされているわ」

「……」

――〈エクスキャリバー〉。

レオニスの顕現させた〈聖剣〉と、同じ銘の〈聖剣〉。

「その、同じ〈聖剣〉が、別の人物に宿ることはあるんでしょうか？」

「……ううん、どうかしら。似たような能力の〈聖剣〉は、もちろんたくさんあるけど、まったく同じ〈聖剣〉が顕現した例は、聞いたことがないわね」

「――そうですか」

レオニスの〈聖剣〉も、剣ではなく、拳銃の形状だ。

やはり偶然、武器に彫られた銘が同じ、ということなのだろうか――？

（……俺の〈聖剣〉に関しては、もっと調べる必要があるな）

市街を走っていると目立つのは、特徴的な八角形の屋根の建物だった。

〈統合帝国（インペリアル）〉の公認宗教である、〈人類教会〉の聖堂だ。

〈人類教会〉は、一〇〇〇年前に〈魔王軍〉と敵対した〈神聖教団〉とは、根本的に異なる宗教だ。この時代の人類は、かつて地上を支配した〈光の神々（ルミナス・パワーズ）〉の存在を知らず、〈聖剣〉の力の源といわれる、星の力を崇拝している。

また、〈人類統合計画〉と共に発足した、〈人類教会〉は、あらゆる民族の宗教の多様性を許容し、その教義を少しずつ取り入れているようだ。

排他的な教義では、人類のすべてを統括することは不可能だったに違いない。

〈合理的に人類を統括するための教義、か。〈神聖教団〉の連中には、何度も煮え湯を飲まされてきたものだが、この組織を敢えて潰す必要はない、か？〉

今のところ、〈人類教会〉は、レオニスの新設する〈魔王軍〉の敵にはなり得まい。

（――だが、ネファケス・レイザードは、〈人類教会〉の司祭に身をやつしていた）

レオニスが〈聖剣学院〉の学院生の身分を隠れ蓑にしているように、奴もまた、人類にとけ込むために、司祭の姿をしているのか。

（あるいは、〈人類教会〉そのものが連中の手による組織なのか――）

……総本山たる〈帝都〉で、それを見極めなくてはなるまい。

広場を通り過ぎると、またビルディングの屹立する大きな通りに出た。

ヴィークルのスピードを落として、リーセリアが訊いてくる。

「レオ君、お腹が空いてない？」

「……え、ええ、そうですね」

眷属の主としての威厳が下がりそうで言い出せなかったが、午前中のハードな訓練で、お腹はぺこぺこだったのだ。

「それじゃ、どこかでお昼を食べましょうか」

ヴィークルを路肩に停めて、リーセリアはきょろきょろとあたりを見回した。

「レオ君は、なにが食べたい？　えっと、〈帝都〉のお店は、私も詳しくないんだけど」

「僕に任せてください。よさそうなお店をピックアップしておいたので」

懐から颯爽（さっそう）と端末を取り出すレオニス。

「ええっ！　レオ君、いつのまにそんなモテ男子に!?」

「……はあ」

驚く彼女に曖昧に頷（うなず）きつつ、レオニスはシャーリの報告してきた、このあたりでおいしいレストラン百選に関する情報を取得するのだった。

◆

（……やっぱり、まだ少し、世界が歪むな）

〈セントラル・ガーデン〉――地下ステーションの待合広場で――、
咲耶（さくや）は、外しかけた眼帯をふたたび装着し、琥珀色（こはくいろ）に輝く瞳を隠した。

以前のように、耐えがたい激痛に襲われることはなくなったが、複数の未来が重なって見えてしまうため、日常的にこの眼（め）を使うことは難しい。

（あいつは、時間がたてば馴染（なじ）むと言ってたけど……）

ゾール・ヴァディス――〈魔王〉を名乗る、〈第〇七戦術都市（セヴンス・アサルト・ガーデン）〉の陰の支配者。

彼女に、この〈時の魔眼〉を与えた存在。

その正体は謎に包まれているが、〈魔王〉の名に相応しい、人知を超えた圧倒的な力を有しているのは間違いない。

封印を解かれた〈桜蘭〉の守護神。その守護神を喰らうために現れた、〈シャダルク・ヴォイド・ロード〉を、あの〈魔王〉は、たった一人で撃退した。

——それは、紛れもない事実だ。

（……ボクは、力が欲しい）

〈ヴォイド〉への復讐のために、〈魔剣〉の力をこの身に受け入れた。

——だが、それでも、まだ足りない。

あの日、咲耶の前に現れ、〈雷神鬼〉を解き放った、青髪の剣士。

九年前に死んだはずの姉——刹羅。

彼女とは、いずれまた、剣を交えることになるのだろう。

……今度は、勝てないかもしれない。

この〈眼〉を、使いこなすことが出来なければ——

「……ボクは人間ではなくなってしまうのかな」

左眼を覆う眼帯を押さえて、自嘲気味に呟く。

と——

「――フロスト・エッジ？」

雑踏の中、背後で声がした。

「あんたのことよ、〈桜蘭〉の青髪――」

振り向くと――

ハーフパンツにジャケット姿の少女が、手を振ってこちらへ歩いてくるところだ。

すらりと伸びた手足、褐色の肌。耳はナイフのように鋭く尖っている。

ダークエルフ種族だ。

（レーナ・ダークリーフ――）

咲耶はその名を胸中で呟いた。

〈魔王〉ゾール・ヴァディス麾下、〈狼魔衆〉の幹部の一人だ。

そして、その隣にもう一人。口もとを布で隠した少女がいる。

こちらは一応、顔見知りだ。

アルーレ・キルレシオ。廃都で出会った、エルフ種族の剣士。

彼女もまた、〈魔王〉の組織に身を置いている。

その目的は不明だが、互いに敢えて詮索はしないのが、暗黙のルールだ。

……彼女には彼女の思惑があるのだろう。

「えっと、フロスト・エッジっていうのは、なんだい？」

咲耶はダークエルフの少女に説明を求めた。

「市街で作戦行動をする際のコードネームよ。私が考えたの」

「……はあ」

少し自慢げに、薄い胸を反らすレーナ。

「ちなみに、わたしはザ・シャドウ。彼女はソード・フェアリーよ」

「ソード・フェアリー？」

「あ、あたしが考えたんじゃないわよ……」

咲耶が困惑気味に呟くと、アルーレが耳を真っ赤にして言った。

「まあ、いいけど。それで、ボクは君の護衛をすればいいのかい？」

「ええ、十中八九、荒ごとになるでしょうからね」

彼女たちが赴くのは、〈帝都〉にある、反国家テロリストの拠点だ。

現在、この〈帝都〉には、多くの犯罪組織、反国家組織が存在する。〈魔王〉ゾール・ヴァディスは、それらの組織をすべて束ね、配下に収めるつもりらしい。

レーナはその交渉役。アルーレと咲耶は彼女の護衛であり、相手方に武力を見せつけるための見せ札なのだろう。

（――戦力的には、彼女一人で十分だと思うけど）

アルーレ・キルレシオとは一度、〈廃都〉で刃（やいば）を交えたことがある。

彼女の実力は、咲耶（さくや）とほぼ互角。あるいは、それ以上かもしれない。

ただ、今回は咲耶の〈魔王〉への忠誠をテストする意味合いもあるのだろう。

「時間はかかりそうかな？」

「それは、相手の出方しだいね」

咲耶が尋ねると、レーナは肩をすくめてそう答えた。

先輩たちには悪いが、午後の訓練はサボることになるかもしれない。

◆

エルフィーネは木陰のベンチに一人座ると、〈天眼の宝珠（アイ・オブ・ザ・ウイッチ）〉を端末に接続した。

試験場の外にある、小さな公園だ。試験プラントを兼ねているらしく、遺伝子改良された旧世界の樹木が整然と並んでいる。

（……さて、と――わたしの戦いを始めましょうか）

施設内の設備を中継して、〈アストラル・ガーデン〉に接続する。

〈天眼の宝珠〉の力を使えば、この程度は容易だ。

（問題は、フィレットの独立ネットワークね）

〈シャングリラ・リゾート〉の中にある特殊な施設、そしてフィレットの本体である〈第

Ⅳフロート〉のネットワークは完全に独立していて、外部からの侵入が難しい。

（物理的な方法で、〈ケット・シー〉を侵入させる必要があるわね）

外部の人間が侵入不可能な第Ⅳフロートへの侵入はあとまわしにして、先に〈シャングリラ・リゾート〉の施設を制圧すべきだろう。

ホテルに併設された、水族館、遊戯場（カジノ）、スタジアム、劇場――

（優先すべきは、遊戯場（カジノ）ね）

〈帝都〉の中でも、合法的な賭博行為の許された場所だ。

しかし、それはあくまで、富裕な市民向けの表の顔。本当の役割は、フィレット財団と商会、王侯貴族が、内密の取引をするための社交場だ。

そして、彼女の兄、フィンゼル・フィレットの支配する牙城。

その牙城に、エルフィーネ自身が乗り込むのは、さすがに目立ちすぎる。

遊戯場（カジノ）で羽を伸ばしに来た、などという言い訳は通用しないだろう。

（……誰かに、〈ケット・シー〉を託したほうがいいわね）

……任せるとすれば、誰が適任だろうか。

と、思案していたその時だ。端末に着信があった。

「……っ!?」

第十八小隊のメンバーではない。知らない認識コードだ。

探知されるようなへまはしていないはずだが。

「……」

緊張しつつ、指先で端末をタップする。と——

『——あ、やっと出てくれたわね、フィーネちゃん』

「……クロヴィア姉さん」

エルフィーネは嘆息した。

衝動的に通信を切りそうになるが、すんでのところで思いとどまる。このタイミングで、姉が接触してきたということは、なにか情報があるのかもしれない。

無論、警戒は解かない。姉は自分と同じく、フィレット家とは一線を引いているが、ある意味で兄たちよりも理解不能な存在だ。

『〈帝都〉に戻って来てくれたのね』

「……べつに姉さんのためじゃないわ」

『〈聖剣剣舞祭〉に出場すると聞いたけど？』

「ただの成り行きよ」

『ふふっ、そうかしら』

端末の向こうで、微笑する気配があった。

『せっかく〈帝都〉に来たんだし、わたしと弟帝陛下を手伝う気はない？』

「……悪いけど、わたしは忙しいの、姉さん」

『そう、まあいいわ。それじゃあ、ひとつだけ、警告してあげるわね』

「警告？」

『兄さんは、〈聖剣剣舞祭〉に合わせて、なにか計画しているわ』

「フィンゼルが？」

と、エルフィーネは目を見開く。

「一体、なにを――」

『さあ、そこまでは、ね。けど、気を付けておいたほうがいいわよ。とくに〈第〇四戦術(フォース・アサルト)都市(ガーデン)〉の〈アカデミー〉の部隊にはね』

〈アカデミー〉は、フィレットの創立した〈聖剣士〉の養成機関だ。兄のフィンゼル・フィレットも、そこに在籍していたことがある。

（……〈聖剣剣舞祭〉で、なにをしようというの？）

姉の言葉を鵜呑(うの)みにはできない。しかし、注意はしておく必要があるだろう。

「……警告、感謝するわ」

『あら、フィーネちゃんも素直になったものね♪』

「……切るわよ、姉さん」

『あ、待って！　最後にもうひとつだけ――』

と、クロヴィアの声が、急に真面目なものに切り替わる。

『ディンフロードが——あの化け物が、〈帝都〉に戻っているわ』

その名を聞いた途端——

「……っ！」

エルフィーネの指先が震えた。

父——〈第〇四戦術都市(フォース・アサルト・ガーデン)〉総督ディンフロード・フィレット伯爵。

フィレット財団の王たる男。そして——母の仇(かたき)。

『〈聖剣剣舞祭〉の観覧に招かれたそうよ。フィーネちゃんが出場することも、当然、知っているはずだけど、気を付けてね』

「……え、ええ」

クロヴィアの通信が切れる。

ぽつり——と、
不意に、額に水滴が落ちてきた。

見上げると、青空は曇り、雨がパラパラと降り出した。

（おかしいわね。〈天眼の宝珠(アイ・オブ・ザ・ウイッチ)〉の予測では、夕方まで快晴だったはずなのに……）

黒い雲が垂れ込めはじめ、遠くで稲光が閃(ひらめ)いた。

◆

「うんっ、このお店のパスタ、すごくおいしいわ！」

アサリのパスタを口にしたリーセリアは、幸せそうな顔で頬を押さえた。

「レオ君お勧めのお店、大当たりね♪」

「それはよかったです」

レオニスはホッと胸を撫でおろした。

シャーリお勧めのレストランは、全体的に落ち着いた雰囲気で、内装のセンスもいい。

シェフの腕もなかなかのようだ。

（……ふむ、シャーリの諜報能力を見直さねばならんな）

もう少し食べ物以外の情報にも力を入れて欲しいところだが、実際、暗殺が専業のメイドとしては、よくやっているほうである。

（あとで褒美を与えなくてはな……）

〈死獄黒大勲章〉は、さすがに大盤振る舞いが過ぎるだろうか――？

と、そんなことを考えていると、

「レオ君、口もと――」

リーセリアは微笑んで、ハンカチでレオニスの口もとをごしごしと拭く。

「セ、セリアさん、自分で拭けますから……」

「あ、ほら、動いちゃだめ」

顔を赤くしてそっぽを向くレオニスだが、彼女は拭くのをやめない。

「はい、これでいいわ」

「こ、子供扱いはやめてください」

憮然（ぶぜん）として呟（つぶや）くレオニスに、

「ふふ、レオ君が食べてるの、お子様ランチだけど」

「……え？」

彼女の指摘に、レオニスは料理のプレートを見下ろした。

ハンバーグにパスタ、エビフライにポテト、チキンライス、デザートはプリン……と、プレートに載っているのは、レオニスの好物ばかりである。

「ち、違いますよ！　たしかに、ちょっとお子様ランチっぽくも見えますが、これはコンボプレートです。メニューにもそう書いてありますし、ほら、見てください、チキンライスに旗も刺さってない――」

レオニスは必死に反駁（はんばく）した。

「でも、十歳以下のお子様しか注文できませんって――」

「……んなっ！」

リーセリアがメニューの下を指差した。

たしかに、小さな文字で、そう書かれている。

(……〜っ、お、おのれ、シャーリめ……)

ぐぬぬ、とレオニスは胸中で唸った。

このコンポプレートは、シャーリのお薦めにあったメニューである。

いや、シャーリに悪気などはないのだろう。ただ純粋に、レオニスの好物ばかりを集めたこのメニューを薦めたに違いない。

(……っ、確認しなかった俺のミスでもあるな)

思い直して、レオニスは悠然とハンバーグを口に入れた。

「……お子様ランチでも、おいしいことに変わりはありませんからね」

「うん、そうね」

頷いて、リーセリアはふふっと微笑んだ。

パスタのフォークを几帳面に並べつつ、

「まだ少し時間があるけど、レオ君は、どこか見たいところはある?」

と、訊いてくる。

「……そうですね」

レオニスは少し考えて——、

「フィレット社の建物を見ておきたいんですが……」

その名を口にした途端、リーセリアの表情が少しだけこわばる。

彼女はレオニスの耳に顔を近付け、声をひそめた。

「あのね、フィレットの本社は、〈セントラル・ガーデン〉にはないの」

「そうなんですか？」

「ええ、本社があるのは第Ⅳフロート。フロート全域が、フィレットの敷地なの。第Ⅳフロートへの出入りは厳しく管理されていて、一般人が入ることはできないわ」

「まるで独立国ですね」

「〈帝国〉のシティ・ガードの権限も及ばない、治外法権の場所よ」

真剣な表情で頷くリーセリア。

（……であれば、潜入するよりほかあるまいな）

ピカッ、と窓の外が白く光った。

直後、遠くで雷鳴が轟き、雨がぽつぽつと降りはじめる。

「……雨？　〈聖剣士〉の予報では、今日はずっと晴れのはずなのに」

暗雲の垂れ込める空を見上げて、リーセリアが怪訝そうに眉を顰めた。

「午後の訓練は、屋内に――」

――と、その時。

ズオオオオオオオオオオオオオオンッ——！

凄まじい風鳴りの音が聞こえて——

「……っ⁉」

レストランの窓が、一斉に吹き飛んだ。

第五章　暴竜襲来

Demon's Sword Master of Excalibur School

雷鳴と破壊、混沌（こんとん）を引き連れて、それは〈帝都〉の上空に飛来した。

吹き荒れる暴風が、ビルの窓ガラスを一斉に粉砕する。

「――レオ君！」

リーセリアは咄嗟（とっさ）に、レオニスの襟首を掴（つか）んで地面に押し倒した。

直後、割れたガラスの破片が降りそそぎ、あたりに散乱する。

「……っ、レオ君、大……丈夫？」

「……は、はい」

透き通った蒼氷（アイスブルー）の瞳が、心配そうに覗（のぞ）き込んでくる。

ドキッとして目を逸（そ）らしつつ、レオニスは立ち上がった。

（……一体、なにが起こった？）

割れ砕けた窓の外を見る。

通りでは市民たちの悲鳴が上がり、警報の音が鳴り響いている。

〈ヴォイド〉の襲来を告げるサイレンだ。

「……〈ヴォイド〉？」

「行きましょう、レオ君！」

「セリアさん！」

リーセリアは鋭く叫ぶと、割れた窓から外に飛び出した。

レオニスも椅子を使って窓を乗り越え、あわてて後を追う。

風が轟々と鳴いていた。

頭上には真っ黒な暗雲が垂れ込め、稲光が走る。

吹き荒ぶ風と驟雨が、容赦なくレオニスの顔を叩く。

市民は、付近の地下シェルターに殺到している。

路地の舗装は無惨にめくれあがり、一直線上に破壊の痕跡が残されていた。

なにか、巨大なものが通り過ぎた跡のようだ。

（飛行の余波だけで、これほどの破壊を引き起こす、か――）

レオニスは、破壊の痕跡の先を魔術の〈眼〉で見通した。

――と、はるか先の上空。

雷光の閃く乱雲の中に――燃えさかる焔のような、真紅の翼が見えた。

（……っ、なんだと!?）

眼を眇めたレオニスの頬が、わずかに引き攣る。

――〈ヴォイド〉などではない。

〈不死者の魔王〉の宿敵たるものの姿を、まさか見間違えようはずもない。

あれは、〈竜王〉――

ヴェイラ・ドラゴン・ロードの真の姿だ。

(馬鹿な……なぜ奴(やつ)がここにいる!?)

ヴェイラは、海底に沈んだ〈天空城(アズール・フォート)〉を探すため、海の彼方(かなた)へ飛び立ったはずだ。

「レ、レオ君、あれって、前に〈第〇七戦術都市(セヴンス・アサルト・ガーデン)〉で暴れた怪物……よね?」

リーセリアも〈吸血鬼〉の眼で見たようだ。

「……そのようですね」

頷(うなず)いて、レオニスは奥歯を噛(か)んだ。

だが、あの時のように、〈ヴォイド〉の瘴気(しょうき)を纏(まと)っている気配はなく、虚空の亀裂から、〈ヴォイド・ドラゴン〉を召喚する様子もない。

(……虚無に蝕(むしば)まれているわけではないのか?)

オオオオオオオオオオオオッ――――!

ドラゴンの嘶(いなな)きが、〈帝都〉の大気を震わせた。

巨大な翼が雷雲を斬り裂き、凄(すさ)まじい暴風を巻き起こす。

(……っ、正気を失っているようだが)

市街を直接攻撃する意図はないようだが、いずれにせよ、このままでは〈帝都〉に甚大(じんだい)

な被害が出るだろう。

巨大積層構造物のシャッターはすべて閉鎖され、都市全体が対〈ヴォイド〉戦闘用のモードへシフトしつつある。迎撃行動を取れば、ヴェイラも反撃するに違いない。

――そうなれば、〈竜王〉の息吹で、エリアひとつが灰になる。

(俺の〈王国〉でない以上、滅びるのは勝手だが――)

レオニスの宿泊しているホテルが巻き添えになるのは、少し困る。

(それに、この〈帝都〉も、いずれ〈魔王軍〉の拠点にする予定だしな――)

レオニスは、足もとの影から〈封罪の魔杖(まじょう)〉を呼び出した。

「――レオ君?」

「あれを止めてきます。一応、昔の知り合いみたいなもので――」

「知り合い?」

困惑気味に眉をひそめるリーセリア。

「すみません、詳しく話している時間はないので――」

レオニスが背を向け、〈影渡り〉の魔術を唱えようとすると、

「――待って、わたしも行くわ!」

リーセリアが〈誓約の魔血剣(ブラッディ・ソード)〉を、その手に生み出した。

レオニスは首を横に振り、

「いえ、あれは危険です。セリアさんは、ここで待っていてください」

言い捨てて、影の中に姿を消すレオニス。

「――レオ君！」

リーセリアは、レオニスの背を追おうとするが――

「……だれか、だれか助けて！」

背後で聞こえた悲鳴に、ハッと振り向く。

逃げ遅れた若者が、横転したヴィークルに挟まれ、叫んでいた。

「……っ、いま行くわ！」

リーセリアは地面を蹴りつけ、魔力の翼で飛翔（ひしょう）した。

◆

吹き荒れる暴風の中、レオニスはビルの影を利用して移動する。

〈帝都〉には、まだ〈影の回廊〉を設置していないため、どうしても速度は遅くなる。

「……っ、奴（やつ）は、一体なにをしているんだ？」

レオニスは苛立（いらだ）たしげに叫んだ。

真紅のドラゴンは、市街を攻撃するでもなく、〈帝都〉の上空を旋回している。

　無論、それだけで、かなりの破壊を巻き起こしているのは事実であるが、レオニスと同格の〈魔王〉であるヴェイラ・ドラゴン・ロードが、本気で攻撃を始めれば、市街はとっくに火の海になっているはずである。

　地上を睥睨しつつ飛行する、真紅のドラゴン。

（……なんだ？　なにかを探しているのか？）

　確証はないが、そう見えなくもない。

　だとすれば、一体何を――？

　ドウンッ、ドウンッドウンッ、ドウンッ！

　と、立て続けに砲撃の音が響き渡った。

　激しい爆発で、空が赤く染まる。

　対〈ヴォイド〉戦闘用の防衛網が、ヴェイラに攻撃を加えたようだ。

（……っ、馬鹿がっ――〈竜王〉の逆鱗に触れる気か！）

　空を飛翔するドラゴンが、その鎌首をもたげ、熱閃を放った。

　ズオオオオオオオオンッ！

　立ち上る火柱。対〈ヴォイド〉用砲台が一気に薙ぎ払われる。

「……っ!?」

『……様、魔王様っ――』

「シャーリか――」

頭の中に聞こえる声に、レオニスは応える。

『――〈竜王〉様は、ご乱心なさっているのでしょうかっ！』

「ああ、そのようだな――」

影の中を連続で跳びつつ、レオニスは頷く。

神々との戦いで、ヴェイラが暴走状態になったのを、何度か見たことがある。

だが、今の状態は、それとも違うようだ。

（……まさか、精神支配を受けているのか？）

ドラゴンは、その種族的特性として、魔術に対して強力な耐性を有している。

あの〈竜王〉に、〈精神支配〉をかけられる術者など――

「なんにせよ、このままにはしておけん――」

〈帝都〉と〈聖剣学院〉の部隊が出撃し、本格的な攻撃を開始すれば、〈竜王〉の逆鱗に触れることになるだろう。〈帝都〉は一瞬で火の海になる。

『魔王様、ど、どうしましょう！』

シャーリの声に焦りが滲む。

彼女も、一〇〇〇年前の〈竜王〉の暴威を目のあたりにしているのだ。

「シャーリ、奴を〈影の王国〉に取り込むぞ」

……と、一瞬の間があって、

『え、えええええっ、〈竜王〉様をですか！　王国が滅茶苦茶になりますよ！』

「……だが、ここで暴れられるよりはマシだ。やむを得まい」

『で、ですが……』

「俺が合図をしたら、〈王国〉の門を開け。これは命令だ」

『……かしこまりました、すぐに準備をします。門はどこに？』

「〈セントラル・ガーデン〉の競技用スタジアムだ。俺が奴を誘導する」

レオニスは背の高いビルの上に降り立つと、〈封罪の魔杖〉を頭上に掲げた。

「第五階梯魔術――〈破魔閃波〉！」

魔杖の尖端に象眼された宝玉〈竜の眼〉が、禍々しい輝きを放つ。

放射状に広がった魔力波動が、一瞬であたり一帯に広がった。

目に見える破壊は起きていない。だが、〈不死者の魔王〉の強烈な魔力波動に曝された観測機器は、すべて使用不能になったはずだ。

これで、レオニスの姿が映像に映し出される心配はなくなった。

観測機器以外の魔導機器も全部巻き添えになっただろうが、まあ、仕方あるまい。

レオニスは続けて、呪文を唱える。

「第八階梯魔術――〈極大消滅火球〉！」

ズオオオオオオオオオオオンッ！
巨大な火球がヴェイラに直撃。轟音と共に大気が激しく震動する。
ヴェイラは――無傷だ。
最高位のドラゴンの鱗は、レオニスの第八階梯魔術さえ弾いてしまう。
だが、狙い通り、こちらに注意を引くことはできたようだ。
禍々しく輝く黄金の眼が、ビルの屋上に立つレオニスを睨んだ。
並の人間であれば、その眼光を見ただけで、気を失っていただろうが――
「……やはり、正気には戻らぬか」
レオニスは胸中で舌打ちする。予想通りではあった。
が――
「――来るがいい、誇り高き竜の覇王よ！」
オオオオオオオオオッ――――！
咆哮する真紅の魔竜。
レオニスは影を伝い、隣のビルに瞬間移動した。
竜の顎門より放たれた熱閃が、直前に立っていたビルを綺麗に吹き飛ばす。
「――〈極大重波〉！」
レオニスはたたみかけるように、第八階梯魔術を放つ。

ヴェイラの周囲の空間ごと、重力の檻に閉じ込める。

――が、ヴェイラは両翼をはばたかせ、重力の檻を強引に破壊した。

熱閃が、あたりのビルをまとめて薙ぎ払う。

レオニスは重力操作の呪文を唱え、宙に飛び上がった。

「第六階梯魔術――〈爆殺雷〉！」

ドォンッ、ドォンッ、ドォンッ、ドォンッ、ドオオオンッ！

派手な爆煙で目眩ましをしつつ退避する。

ブラッカスが健在であれば、ある程度近接戦闘も出来ただろうが、今のレオニスの肉体では、魔術を連発しつつ距離を取るしかない。

真紅のドラゴンが羽ばたく。

暴風が吹き荒れ、爆煙が一気に吹き散らされた。

後退するレオニスめがけ、熱閃が放たれる。

「……っ!?」

虚空を斬り裂く熱閃を、レオニスは魔杖の尖端であさっての方へ弾いた。

（……ふん、やはり、なんらかの精神操作を受けているようだな）

〈竜王〉の熱閃は、いかにレオニスといえど、容易く防げるものではない。

暴走状態で、理性の箍が外れているのとは違う。

人間の身体(からだ)に喩(たと)えるなら、朦朧(もうろう)として、熱に浮かされている状態に近いのだろうか。

「――〈爆裂咒弾(ザムド)〉、〈爆裂咒弾(ザムド)〉、〈爆裂咒弾(ザムド)〉！」

影を利用して瞬間移動しつつ、第三階梯の爆雷呪文を連発する。

当然、ダメージを与えることはできないが、無計画に呪文を乱発しているのではない。

ヴェイラを、〈セントラル・ガーデン〉の外れに誘導しているのだ。

グ、ル……オオオオオオオオオオオッ――！

両翼を大きく広げ、滑空してくる真紅のドラゴン。

（……頃合いか）

レオニスは、背の高いビルの上にタッと降り立った。

そのすぐ側(そば)に、巨大な競技用のスタジアムがある。

「シャーリ、〈影の王国(レルム・オヴ・シャドウ)〉の門を開けよ！」

『――はい、魔王様！』

ゾゾ……ゾゾゾゾゾ……ゾゾゾゾゾゾゾ――

競技場の中心から、どろりとした闇が染み出し、一気に広がる。

光を一切反射しない、完全な闇だ。

競技場の壁がぐにゃりと歪(ゆが)み、その影の中に溶け落ちてゆく。

「――〈竜王〉よ、貴様は我が〈影の王国〉に招待してやろう」

レオニスがパチリと指を鳴らした。

――と、次の瞬間。

巨大な影の中から、無数の鎖が射出され、ヴェイラの巨躯(きょく)に絡み付く。

「〈魔王殺しの武器(ジ・アーク・セブンス)〉が一つ――〈邪竜縛鎖(ラグヴァ・ゾール)〉。盗神シャザック・ナーレが、〈六英雄〉の〈龍神〉ギスアークより盗み出した秘宝を、俺が強奪した。邪竜を倒す為(ため)に生み出された神の鎖だ。竜の覇王たる貴様にはよく効くだろう」

ククク、と悪い顔で嗤(わら)うレオニス。

雁字搦(がんじがら)めになった真紅のドラゴンは、暴れながらも影の中に引きずり込まれる。

強大な邪竜を縛るための鎖だ。弱い存在であれば、簡単に抜け出せるが、強大な竜であればあるほど、その力を縛る呪いがかけてある。

それでも、ヴェイラが万全の状態であれば、力尽くで引きちぎっただろう。

……やはり、なにかがおかしい。

……グ、ルルルルルルルルルルル……！

「暴れ竜め、少しはおとなしくするがいい」

第十階梯(かいてい)魔術――〈闇獄爆裂光(アルザム)〉。

ズオオオオオオオオオオオオオオンッ――！

なおも暴れるヴェイラめがけ、レオニスはとどめの一撃を放った。

◆

「……っ、レオ君……！」

天を衝くような火柱が、雷光閃く空を焦がした。

爆煙が大気を覆い、〈吸血鬼〉の眼を凝らしても、何が起きているのかわからない。

彼はまた一人で、あの巨大な竜と、戦っているのだろうか――？

なにか、胸が切なくなるような気持ちになり、きゅっと唇を噛む。

――と、その時。

「う、うわああああああああん！」

どこかで、子供の泣く声が聞こえた。

「……っ!?」

全身の血に魔力を通し、感覚を鋭敏にする。

崩れたビルのそばで、小さな子供が蹲っているのが見えた。

リーセリアは急いで駆け寄ると、

「大丈夫よ――」

身を屈めて、優しく話しかける。

「……う……聖……騎士様……？」

〈聖剣学院〉の制服を見た少年は、少しだけ安堵の表情を浮かべた。

混乱の中で、保護者と離れたのだろうか。

よく見れば、少年の背格好は、ちょうどレオニスと同じくらいだ。

もしかすると、年齢も近いのかもしれない。

（……そうよね。十歳の子供は、普通こういう風に怯えるものよね）

普段、レオニスと接していると忘れがちになるけれど。

周囲を〈吸血鬼〉の眼で見回すが、ほかに人の気配はないようだ。

「ここは危険よ、一緒にシェルターまで行きましょう――」

リーセリアが手を取ると、少年はこくっと頷いて――

……ズ……ズズ……ズズズズ……

何かの軋むような音が響く。

不穏な予感に、振り向くと――

ズシャアアアアアアアアアアアアンッ！

半壊したビルの瓦礫が、雪崩を打つように崩れ落ちてくる。

「――〈血華乱刃〉！」

リーセリアは〈聖剣〉を抜き放ち、一閃。

無数に枝分かれした極細の血の刃が、降りそそぐ瓦礫を粉々に粉砕した。

「……き、騎士様……?」

「ここを離脱するわ。大丈夫、わたしが守るから」

リーセリアは笑顔で頷くと、少年を保護してシェルターに走った。

◆

――〈影の王国〉。

〈不死者の魔王〉――レオニス・デス・マグナスの治める、七十七の属領の一つ。

その世界に色は無く、空も大地も、暗灰色に塗り潰されている。

かつて、この王国を支配していた、影の女王の呪詛の影響だ。

影の女王は、影の国の王子と〈不死者の魔王〉によって斃されたが、その呪いはいまだ、王国を覆っている。

その暗灰色の大地に、レオニスはゆっくりと降り立った。

「マグナス殿、一体何事だ? なぜ、〈竜王〉がここに……?」

と、どこからか、影の黒狼が姿を現した。

ブラッカスだ。しかし、その体躯は、普段よりもひと回り小さい。まだ、シャダルクと戦った時の傷が癒えていないのだ。

「安らかに眠る影たちが、ざわめいているぞ」

「すまんな。やむを得ぬ事情で、奴をここに落とした」

レオニスは謝罪して、あたりを見回した。

ヴェイラは、竜封じの鎖に縛られながらも、散々に暴れ回ったようだ。

荒涼とした大地は熱で熔解し、あちこちにすり鉢状のクレーターができていた。

その破壊の中心地に――

無数の鎖に吊り上げられた、赤髪の少女の姿があった。

竜封じの鎖に力を奪われ、封印状態である竜人の姿になったのだろう。

レオニスは魔杖を手にしたまま、ヴェイラのほうへ足を向ける。

「ま、魔王様、危険です！　まだ近付かれないほうが――」

背後に現れたシャーリが呼び止めた。

「……心配するな。今の奴では、あの鎖を解くことはできん」

レオニスが手を下ろす。

宙に吊り上げられたヴェイラが、ゆっくりと下りてきた。

その黄金色の瞳に宿る凶暴な光は消え、呆然と虚空を見つめている。

「俺のことも認識していない、か――」

——やはり、なんらかの精神操作を受けているようだ。

魔術ではなく、固有の能力——だろうか？

（全盛期の力は失われているとはいえ、〈魔王〉を精神操作する、だと？）

ネファケス、ゼーマインあたりには到底不可能だ。

〈六英雄〉の〈聖女〉ティアレス、〈大賢者〉アラキールでさえ、〈魔王〉を精神支配することは出来なかった。

……一体、何者が、ヴェイラをこのような状態にしたのか——？

（……まあいい、直接聞けば済むことだ）

レオニスは足を踏み出し、ヴェイラの額に手を翳した。

精神操作系の魔術は一応、レオニスも使えるが、得意な領域というわけではない。

ゆえに、直接魔力を流し込み、ショックを与える。人間に同じことをすれば、一瞬で精神崩壊に陥る方法だが、ヴェイラであれば大丈夫だろう。

「いい加減、眼を覚ませ、〈竜王〉よ——」

手のひらに魔力がほとばしり、青白い火花を放った。

「……っ……あ……くっ、ああああああああっ！」

ヴェイラの身体が震え、悲鳴のような声がほとばしる。

「……あ、あああああ……な……に——」

「む？」

〈竜王〉の瞳に、凶暴な光が灯る。

「な……にすんのよおおおおおおっ！」

「……っ!?」

ゴオオオオオオオオオオオオオッ！

ヴェイラの吐き出した炎の吐息を、レオニスは咄嗟に魔力の障壁で防御した。

「……はぁっ……はあっ、はあっ……って、レ、レオ？」

眼をしばたたかせて、きょとん、と首をかしげるヴェイラ。

「ふん、ようやく、らしくなったな」

制服の埃をはたきつつ、レオニスは肩をすくめた。

「はあ？　……って……な、によ……これ！」

ヴェイラは、両腕の鎖をジャラジャラ揺らし、レオニスを睨む。

「無駄だ。その鎖は〈魔王殺しの武器〉の一つ。そう簡単には解けぬ」

「……っ、ここ、レオの〈影の王国〉ね？　あたしをどうするつもり？」

「落ち着け。質問したいのは俺のほうだ」

レオニスは嘆息し、彼女に尋ねた。

「貴様は〈天空城〉へ戻ったはずではないのか？　一体、何があった？」

「……〈天空城〉？」

と、ヴェイラは怪訝そうに首を傾げて——

やがて、ハッ——と、目を見開く。

「……〈海王〉が、いたわ」

「なんだと!?」

ヴェイラが苦々しい表情で口にしたのは、意外な名だった。

「〈海王〉とは、まさか、リヴァイズ・ディープ・シーのことか!?」

「ええ、間違いないわ」

こくり、と頷く。

〈海王〉——七つの魔海を統べる〈八魔王〉の一人。

単純な戦闘能力に限っていえば、おそらく、最強の〈魔王〉の一角だ。

〈魔王〉というより、その本質は意思を持った災害と言うべきか。〈女神〉ロゼリアでさえ、〈海王〉を御しきることはできず、好きにさせていた。

（リヴァイズ・ディープ・シーが復活した、というのか——）

——にわかには信じられぬ話だ。

しかし、同じ〈魔王〉であるヴェイラ・ドラゴン・ロードが復活している以上、あり得ぬこととは言い切れない。

「――あいつは、あたしの玉座に座っていたわ」

ヴェイラがギリ、と歯を鳴らした。

「あたしと、竜の戦士たちの眠る城を、我が物顔で乗っ取ってたのよ！」

……それで戦闘になった、ということか。竜は縄張り意識が強いからな。

「――話し合いはしなかったのか？」

「問答無用よ。あいつが話なんて聞くはずないでしょ」

苛立たしげに答えるヴェイラ。

（……それはお前もだがな）

とは、敢えて口にしないレオニスである。

「元々、何を考えてるか全然分からない奴だったし」

「それは、たしかにな」

レオニスは〈海王〉と共闘したこともあるが、彼女は行動原理が不可解なものが多い〈魔王〉の中でも、とりわけ思考の読めない存在だった。

しかし、それにしても不可解なことがある。

「〈海王〉が、お前を精神支配したというのか？」

「……精神支配？」

「憶えていないのか？　完全に理性を失っていたぞ」

「……っ、暴走状態になっていたのは、わかるわ……けど……どう、して……？」

ヴェイラは苦悶するように表情をゆがめた。

（……精神支配された時の記憶を失っている、か）

否、意図的に記憶を消されたのだろう。

〈海王〉が、ヴェイラを精神支配できたとは考えにくい。

リヴァイズ・ディープ・シーは、最強クラスの〈魔王〉だが、いわゆる搦手のような魔術は不得手であったはずだ。

あるいは、〈海王〉を復活させた何者かがその場にいたのだろうか――？

この世界には、滅びた〈魔王〉を甦らせようとする勢力がいるようだ。

かつての配下、魔王軍参謀ゼーマインは、〈死都〉で〈女神〉の神殿を起動し、〈不死者の魔王〉の復活を目論んでいた。

（……なんにせよ、警戒すべき事態だな）

ヴェイラの精神支配は不完全なものだったようだが、〈海王〉のほうは、その何者かに完全な精神支配を受けている可能性がある。

――〈魔王〉を支配下に置くことのできる存在。

（――まさか、な……）

脳裏に一瞬浮かんだ、彼女の姿を、振り払うように首を振り、

「それで、お前はなぜ〈帝都〉に来たんだ？」

と、別のことを訊ねた。

「……てい……と？」

「人類の首都だ。なにか、目的があってここに来たんじゃないのか？」

「……さあ、わからないわ」

ヴェイラは真紅の髪を揺らし、首を振った。

「偶然、ここに飛んできたということか？」

——それは、腑に落ちない。〈帝都〉はたしかに巨大な〈海上都市〉だが、広大な海で、偶然発見できるものでもないだろう。

「そういえば、なにかを探している様子だったが……」

「……探してた？　何を……あ」

と、その時。ヴェイラが、何かに気付いた顔をした。

「……ああ——うん……そう、ね」

「どうした？　なにか心あたりがあるのか？」

「……っ、な、ないわよっ！　たまたまっ、ここに飛んで来ただけ！」

ヴェイラはなぜか顔を赤くして、レオニスの足を激しく蹴ってくる。

「痛っ……な、なにをする！」

「そ、そんなことよりっ、早くこの鎖をほどきなさいよ！」

竜封じの鎖をジャラジャラ鳴らし、ヴェイラはレオニスを睨んだ。

「……なにをするつもりだ？」

答えは分かりきっていたが、一応、訊いておく。

「決まってるでしょ。ドラゴンは借りを返す、あたしの〈天空城〉を取り戻すのよ！」

「リヴァイズ・ディープ・シーを倒す算段はあるのか？」

レオニスは呆れた顔で肩をすくめた。

単体の戦闘力は最強の〈魔王〉である〈海王〉。それに加えて、もう一人、彼女を支配した謎の存在がいるのだ。いかに暴虐の〈竜王〉といえど、無謀に過ぎる。

「〈竜王〉に二度の敗北はないわ」

獰猛に唸るヴェイラ。

「俺は幾度も敗北を繰り返し、対策を練ったものだがな」

故に、〈不死者の魔王〉は、〈海王〉とは別の意味で最強たり得たのだ。

やれやれと嘆息して、レオニスはパチリと指を鳴らした。

途端、〈邪竜縛鎖〉がヴェイラの身体をギリギリと締め上げる。

「……くっ……な、なにするのよ！」

「ここで、少し頭を冷やしているがいい」

言い捨てて、レオニスは踵を返す。

「レオ、待ちなさい！　……っ、こ、こんな、屈辱……覚えてなさいよ！」

わめき立てる〈竜王〉を無視して、レオニスは姿を消した。

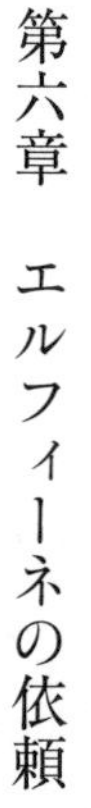

第六章　エルフィーネの依頼

Demon's Sword Master of Excalibur School

〈影の王国(レルム・オヴ・シャドウ)〉から出ると、すでに嵐は止(や)み、空を覆う灰色の雲は消えていた。

〈セントラル・ガーデン〉の市街では、まだけたたましいサイレンの音が鳴り響き、都市の戦闘モードは継続されている。

「……まったく、迷惑な奴(やつ)だ」

上着の埃(ほこり)をはたきつつ、嘆息する。

――と、懐に入れていた通信端末が鳴り響いた。

『……君――レオ君、どこにいるの？　返事をして――』

「あ、セリアさん――僕は大丈夫です」

『レオ君……』

レオニスが返事をすると、ほっと安堵(あんど)したような声が聞こえた。

『もう、心配したんだから！』

「……す、すみません。お叱りはあとで受けますので」

相手には見えていないが、その場で平謝りするレオニス。

……眷属(けんぞく)の少女は、かなり怒っているようだ。

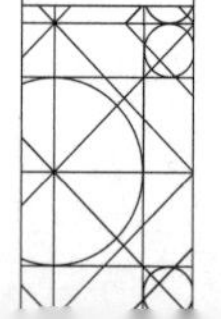

（これは、あとで機嫌を取らなくてはな……）

レオニスの額を、ひと筋の冷たい汗が伝った。

『……けど、無事でよかったわ。迎えに行く？』

「いえ、一人で戻れます。ホテルで合流しましょう」

『大丈夫？』

「ご心配なく。地図は端末で見られますので」

うーん、と少し迷うような間があって――

『……わかったわ、誘拐されないように気を付けてね』

「――はい、気を付けます」

苦笑しつつ答えると、通信をオフにした。

◆

ひと足早く、影を渡って戻ると、ホテルのロビーは騒然としていた。

〈シャングリラ・リゾート〉のエリアには被害はなかったようだが、突然、空にあんなドラゴンが現れたのだから、混乱するのも当然だ。

ニュースでは、超大型の〈ヴォイド〉が突如出現し、〈セントラル・ガーデン〉で破壊を繰り広げた後、虚空に消えたと報じているようだ。

映像機器はレオニスが破壊したため、キャスターの音声のみだ。

ロビーのチェックをパスし、レオニスはなにくわぬ顔で貸し切りのフロアへ戻った。

誰か戻っているだろうかと、ミーティングルームのドアを開けると、

「あ、レオ君――」

ソファに座っていたエルフィーネが、端末から顔を上げた。

「エルフィーネ先輩、戻ってたんですね」

「ええ、〈セントラル・ガーデン〉のほうは大変だったわね。さっき、セリアから連絡があって、今日の訓練は中止だそうよ」

「……そうでしょうね」

頷(うなず)きつつ、レオニスは彼女の向かいのソファに座った。

「レオ君、ジュースかなにか飲む？」

「すみません、いただきます」

「ちょっと、待っててね」

エルフィーネは冷蔵庫の扉を開けつつ、

「〈聖剣学院〉の〈管理局〉から、出現した大型〈ヴォイド〉の情報の分析依頼が来たんだけど、記録映像がないの。〈ヴォイド〉の放射する強力なEMP(高密度魔力波動)バラージで、一帯の魔

導機器がすべてだめになったみたいね」

「……そうですか」

レオニスはあさってのほうへ眼を逸らした。

「えっと、レギーナさんと、咲耶さんは？」

「レギーナはセリアを迎えに行ったわ。咲耶は、ずっと連絡がつかないの」

「咲耶さんは、基本的に連絡がつかないですよね」

「ええ、気まぐれな猫みたいな娘だから、あまり心配はしてないけど」

エルフィーネは苦笑して、肩をすくめる。

その気まぐれな猫は、今頃、配下の〈狼魔衆〉と行動を共にしているはずだ。

「一応、僕のほうでも連絡してみましょうか」

と――

「レオ君――」

エルフィーネが、なにか切り出すように口を開いた。

「……？」

レオニスは端末を操作する手を止めて顔を上げる。

「なんですか？」

「あの……ね、レオ君に、お願いがあるの」

「お願い……？」

エルフィーネはこくっと頷いて、レオニスの隣に座った。

艶やかな黒髪が、レオニスの肩に落ちかかる。

「エ、エルフィーネ先輩？」

思わず、ドキッとしてしまう。

――と、彼女は声をひそめ、小声で囁いた。

「〈シャングリラ・リゾート〉の遊戯場に、わたしの〈猫〉を連れていって欲しいの」

「……猫、ですか？」

レオニスは小声で訊き返した。

「そう、わたしの猫。〈ケット・シー〉よ」

エルフィーネは起動した端末の画面を見せてくる。

と、画面の中に一匹の黒猫が現れ、ぐるぐると歩き回りはじめた。

「これは、ひょっとして、〈人造精霊〉ですか？」

「ええ、わたしが造ったの。〈アストラル・ガーデン〉の中だけで活動する精霊よ。わたしのかわりにネットワークに潜入して、情報を獲ってきてくれるの」

こともなげに頷くエルフィーネ。

〈アストラル・ガーデン〉とは、魔力素子のネットワークで構築された、仮想空間上の

〈戦術都市〉だそうだ。

正直、〈アストラル・ガーデン〉に関することは、レオニスにはよくわからない。

以前、興味を持って調べてみたこともあるのだが、使われている魔導の技術が、一〇〇年前のものとは根本的に異なるのだ。

「それで、どうして遊戯場（カジノ）に、この〈猫〉を……？」

訊（たず）ねると、エルフィーネは指先で画面の〈ケット・シー〉をどかし、〈シャングリラ・リゾート〉のエリア俯瞰図（ふかんず）を表示した。

「遊戯場（カジノ）には、裏の顔があるの。貴族が密談をしたり、不正な資金の浄化が行われている形跡があるわ。もしかしたら、〈魔剣計画（D.Project）〉に繋（つな）がる情報も拾えるかもしれない」

「……なるほど」

古代世界でも、貴族たちの集まる賭博場は、闇の社交場だった。

レオニスがまだ人間の騎士見習いであった頃、師のシャダルクと二人でそのような場所に踏み込み、陰謀を叩（たた）き潰したことがある。

「ただ、〈シャングリラ・リゾート〉の遊戯場（カジノ）は、〈アストラル・ガーデン〉から独立しているから、外部からは簡単には侵入できないの」

「なるほど。それで、この〈猫〉というわけですね」

「ええ、〈ケット・シー〉を遊戯場（カジノ）の魔導機器に直接侵入させれば、あとは〈天眼の宝（アイ・オブ・ザ・ウィ珠〉と繋げてどうにかするわ。本当は、わたしが行くべきなのでしょうけど――」

「エルフィーネ先輩がそんな場所に乗り込めば、怪しまれるでしょうね」

レオニスが言葉を継ぐと、エルフィーネはこくりと頷いた。

「レオ君、頼めるかしら？」

と、彼女は真剣な表情で、レオニスを見つめてくる。

「……わかりました。ほかならぬエルフィーネ先輩の頼みですからね」

エルフィーネには、いくつか借りがある。

彼女はこれまで、レオニスが〈魔王〉の力の一端を見せたところの映像を見ているはずだが、それを〈聖剣学院〉に提出せず、見て見ぬ振りをしてくれているのだ。

（……それに、俺も〈魔剣〉の情報は握っておきたいしな）

「――ありがとう、レオ君」

「いえいえ」

丁寧に頭を下げてくるエルフィーネに、軽い調子で首を振るレオニス。

「それで、僕はどうすればいいんですか？」

「いま、〈猫〉を渡すわね」

エルフィーネが端末を操作する。

と、その画面から〈ケット・シー〉が消え、レオニスの端末のほうに出現した。

「遊戯場(カジノ)の魔導機器の近くで端末を起動すれば、数十分ほどで侵入してくれるわ。端末はゲートで回収されてしまうから、うまく隠してね」

「わかりました。ところで——」

と、レオニスは気になっていたことを訊(たず)ねる。

「遊戯場(カジノ)って、子供が入るのは、大丈夫なんでしょうか？」

「〈聖剣学院〉の個人認証カードがあれば問題ないわ」

「……なるほど。そういえば、咲耶(さくや)さんも賭博をしてましたしね」

「あれは学生間の違法な賭博よ」

「……そ、そうですか」

あまり、深くは訊(き)かないほうがよさそうだった。

◆

個室の部屋に戻ると、レオニスはベッドに座り、シャーリを呼び出した。

「——お呼びでしょうか、魔王様」

と、ベッドから伸びた影からシャーリが現れる。

「ヴェイラはおとなしくしているか？」

「は、ブラッカス様が眼(め)を光らせておられます」

「そうか。ところで、少し頼みたいことがある」

「なんなりとお命じください、魔王様」

シャーリはスカートの裾をつまみ、恭(うやうや)しく頭を下げた。

「このリゾートの遊戯場(カジノ)に、先行して潜入してほしい」

「かしこまりました。誰を暗殺するのですか？」

「いや、暗殺ではない。貴族の客の会話を記録しておいてくれ」

「かしこまりました」

「――ああ、待て。これを持って行くがいい」

ススーッと影の中に消えようとするシャーリを、レオニスは呼び止めた。

ベッド脇のテーブルにのせた、ドーナツの箱を彼女に手渡す。

「……？」

「その、なんだ……レストランの情報は役立った。その褒美だ」

「あ、ありがとうございます、魔王様っ！　もったいなきお気遣い」

「よい、今後も〈魔王軍〉のことは任せたぞ」

「は、お任せ下さい――！」

シャーリはドーナツの箱を両手で抱え、ズブズブと影の中に沈み込んだ。

「ふう……」

レオニスは靴を脱いで、ベッドの上に座った。

シャーリに〈ケット・シー〉を預けてしまうことも考えたが、レオニスもこの時代の遊戯場に少しだけ興味があったので、やはり自分でも潜入することにした。

遊戯場が開場するのは日没後、まだ時間はありそうだ。

天井を見上げつつ考えるのは、ヴェイラの話していた、〈海王〉のことだ。

（……無闇に戦いを仕掛けてくるような奴では、なかったがな）

感情をほとんど表さず、なにを考えているのかつかみどころのない〈魔王〉ではあったが、少なくとも、〈竜王〉や〈獣魔王〉、〈鬼神王〉のように、〈魔王軍〉同士で殺し合いを始めるような、血の気の多いタイプではなかったはずである。

（まあ、他の魔王と支配領域が接していなかった、というのもあるのだろうが……）

レオニスとの関係はおおむね良好で、一時は同盟軍を組んだこともある。

（やはり、気になるのは、ヴェイラを精神支配しようとした存在だな――）

……不完全とはいえ、ヴェイラをあのような状態にできる存在は限られている。

この世界で暗躍している、〈魔王軍〉参謀、ネファケス・レイザード。

〈廃都〉で相対した時は、少なくとも第三階梯の魔術を唱えていたようだが――

（あの司祭如きに、そんな力は到底あるまい……）

〈魔王〉を支配できる存在がいるとすれば、それは――

（……ロゼリア、か）

レオニスは胸中で、その名を呟（つぶや）く。

もし、彼女の転生体が、すでにどこかで目覚めていたのだとすれば――

（――いや、彼女のはずがない）

否定するように、首を振った。

彼女は、ヴェイラを強制的に支配するようなことはしないだろう。

（なんにせよ、確かめに行く必要はあるな）

――〈天空城（アズール・フォート）〉の沈んだ海域は、この大陸からかなり離れた場所にある。

〈屍骨竜（スカル・ドラゴン）〉に騎乗したとしても、十日以上はかかるだろう。

「……そうなると、〈聖剣剣舞祭〉には間に合わないな」

「何に間に合わないの？」

「〈聖剣剣舞祭〉だ。屍骨竜の飛行速度は、それほど速くは……――ん？」

レオニスは疑問符を浮かべ、背後を振り返った。

――そして。

「……なっ⁉」

思わず、絶句する。

視界に入ったのは――

焔(ほのお)のような真紅の髪。凶暴な光を放つ、黄金色の瞳。

ベッドの上で、ヴェイラ・ドラゴン・ロードが仁王立ちしていた。

「ヴェイラ！　いつのまに!?」

レオニスはあわてて距離を取り、壁際にあとずさった。

「……っ、馬鹿な！　〈邪竜縛鎖(ラグヴァ・ゾール)〉の縛めを解いたというのか？」

「ふん、あんな鎖、竜の牙で噛み砕(かくだ)いてやったわ！　このあたしを捕らえようなんて、一〇〇〇年早いわね！」

ヴェイラは獰猛(どうもう)に笑い、鋭い牙を光らせた。

「……っ、ブラッカスはどうした！」

「あの犬なら、あんたの鎖で縛って、転がしておいたわ」

「な、なんだと……」

レオニスは、ブラッカスに念話を飛ばした。

〈……ぐぬ、ぬ……すまぬ、マグナス殿――〉

と、頭の中に、ブラッカスの呻(うめ)き声(ごえ)が聞こえてきた。

「貴様、俺の友になんということを……！」

レオニスはヴェイラを睨(にら)んだ。

「ブラッカスは、正統な〈影の王国〉の王子なんだぞ！」

「知らないわ。あたしはドラゴンの王なのよ」

傲然と言い放ち、ふと、ヴェイラは窓の外へ眼を向けた。

「ふうん、ここが、人類最大の都ってわけね」

「ああ、〈ヴォイド〉に対抗する、人類の最終防衛拠点だ」

答えつつ、レオニスはゆっくりと立ち上がる。

「あのあたりは、まだ未完成みたいね」

「さっき貴様が暴れた場所だからな」

「そ、それは……ちょっと、悪かったわ」

レオニスが指摘すると、ヴェイラは気まずそうに眼を逸らした。

「ほう、ドラゴンの語彙に、反省の言葉などというものがあったとはな」

ヴェイラの真紅の髪が、炎の如く燃え上がる。

「あんた、喧嘩売ってるの？」

「ふん、少しは回復したようだが、まだ本調子ではなかろう。ブラッカスの仇だ、もう一度、〈影の王国〉に閉じ込めてやる！」

レオニスが闇の魔力を纏い、〈封罪の魔杖〉を召喚した。

ホテルの一室で、古代の〈魔王大戦〉が再現されようとした、その時。

「……レオ君、いるの？」

――と、突然、部屋のドアが開いた。

「……え」

ベッドの上で相対する、二人の〈魔王〉の姿。

リーセリアは、ドアノブを掴んだまま、その場に固まった。

◆

「……～っ、ど、どうして、あなたがここにいるのっ！」

リーセリアは鋭い眼差しでヴェイラを睨み、ひと差し指を突き付けた。

「セ、セリアさん……」

……彼女がヴェイラを見るのは、初めてではない。

以前、プールでウォーターシューティングの対決をしたことがある。

その勝負は、〈魔剣〉の暴走事件があったことで、有耶無耶になってしまったが。

「ああ、あの時の――」

リーセリアの鋭い視線を意に介すことなく、ヴェイラは面白そうに呟いた。

「レオの眷属の娘ね」

「……なっ!?」

リーセリアが眼を見開く。

秘密であるはずの、眷属、という言葉が出たことに驚いたのだろう。

「レオ君、その娘は――一体、何者なの？」

「ええっと……」

レオニスは言葉に詰まり、口ごもる。

まさか、さっきまで暴れていた、あのドラゴンだと明かすわけにはいくまい。

――と、ヴェイラがベッドの上からとん、と下りて、

「あたしはヴェイラ。レオの――眷属よ」

突然、とんでもないことを言い出した。

「……え？」

リーセリアの表情が凍り付く。

「レオ君の……眷……属？」

「貴様、急に何を――！」

レオニスがあわてて声を発するが、

「ふうん……じゃあ、いいのかしら？」

振り返ったヴェイラが嗜虐的な笑みを浮かべ、小声で囁く。

「なに？」

「あたしが、レオと同じ〈魔王〉だって、あの娘に話しても」

「ぐ……」

それを言われてしまうと、口をつぐまざるを得ない。

「う、嘘よ……レオ君の眷属は、わたし……だもん」

リーセリアは消え入るような声で言う。

――が、

「へえ、同じ眷属どうし、というわけね。けど――」

ヴェイラはふっと余裕の笑みを浮かべ、

「あたしとレオは、ずっと昔からの付き合いなの」

「……っ、そ、そんなの――」

リーセリアは何か言い返そうとするが、

「本当よ。レオとは、背中を合わせて戦ったことが何度もあるわ」

……それは、嘘ではない。

〈不死者の魔王〉と〈竜王〉は幾度も共闘し、神々や〈六英雄〉と戦った。

「裸だって見せたこともある、そんな仲よ」

「……なっ!?」

リーセリアが驚きに眼を見開く。

……それも嘘ではない。

ドラゴン形態の時の彼女は、当然、服など着ていないからだ。

「ヴェイラ！　貴様、面白がっているだろ！」

レオニスが小声で抗議するが――

「わ、わたしだって、レオ君と一緒にお風呂に入ってるもん！」

「……え、そうなの？」

振り向いて、レオニスを睨むヴェイラ。

「ま、毎日では、ないぞ……」

レオニスは気まずそうに、眼を逸らした。

と、リーセリアは意を決したように、部屋に足を踏み入れて、

「レオ君、本当なの？　その、彼女が……レオ君の眷属って――」

レオニスの眼を見て問いかけてくる。

「それは……」

レオニスは一瞬、躊躇うように口をつぐんでから、静かに頷く。

「……本当、です」

「……！」

「レオは護衛のために、あたしを召喚したのよ」

ヴェイラがふふん、と胸を反らした。

「護衛……」

リーセリアの蒼氷の瞳に、涙がじわっと浮かんだ。

「え……セ、セリアさん⁉」

普段は決して見せることのない彼女の涙に、レオニスは当惑する。

「わたしじゃ、レオ君を守れない……から……」

「そ、それは違います！」

あわてて否定するレオニス。

「そう、よね……さっき、ドラゴンが暴れてた時も、わたし、なにも出来なくて――」

「セリアさん、それは――」

……たしかに、あの時、レオニスはリーセリアを連れていかなかった。

足手まとい、などと思ったわけではないが、彼女には安全な場所にいて欲しい、と思ったのは事実だ。それが、彼女を傷付けていたのかもしれない。

と、そんなやりとりを眺めていたヴェイラが、

「……ふーん、随分と過保護なのね」

つまらなそうに呟く。

「む？」

レオニスが聞(き)き咎(とが)めた、その時。

ベッドに放り出したままの端末に、着信の音が鳴った。

『……君、レオ君——』

聞こえてきたのは、エルフィーネの声だ。

「エルフィーネ先輩？」

『レオ君、もうすぐ遊戯場(カジノ)が開くわ』

「……わかりました」

レオニスは端末を手に取り、頷(うなず)いた。

「レオ君、遊戯場(カジノ)って？」

リーセリアが首を傾(かし)げて訊(き)いてくる。

「ええ、エルフィーネ先輩に、ちょっと頼みごとをされまして」

「フィーネ先輩に？」

「はい、例の〈魔剣計画(D.Project)〉絡みのことで、フィレットの施設に潜入を——」

小声で言うと、聡明(そうめい)な彼女は、すぐに理解したようだ。

「わたしも行くわ」

「え、でも——」

「レオ君一人より、保護者がいたほうが怪しまれないでしょ？」

「……それは、たしかに」

十歳の子供が一人で遊戯場（カジノ）に行くよりは、説得力が増すだろう。

（……それに、今回は、それほど危険があるわけではないしな）

なにかトラブルがあったとしても、彼女を守ることができる。

「わかりました、一緒に来てください」

「うん、任せて！」

レオニスが頷くと、リーセリアは嬉（うれ）しそうに返事をした。

と――

「ふーん、なんだか面白そうね。あたしも行くわ♪」

ヴェイラが興味津々（しんしん）の様子で、そんなことを言いはじめた。

「来なくていい。お前が関わると滅茶苦茶（めちゃくちゃ）になる」

「なっ……あんた、あたしをなんだと思ってるのよ！」

「自分の胸に手をあててみろ。だいたい、〈海王〉へのリベンジはどうなった？」

「……ま、まだ身体（からだ）が本調子じゃないのよ」

ヴェイラは、ふいっと目を逸（そ）らした。

「二人とも、仲良さそう……」

と、リーセリアがなんだか拗ねたように呟く。

（面倒なことになったな……）

レオニスは胸中で苦々しくうめく。

……ヴェイラはどのみち、勝手についてくるだろう。

置き去りにすれば、帰ってきた時、このホテルが消滅している可能性もある。

（……連れて行って、暴れぬよう監視していたほうがマシか）

そう結論づけると、レオニスは嘆息して言った。

「……いいか、目立つ真似はするな。建物を壊すな。絶対だぞ」

「努力するわ」

◆

この星の海には、〈虚無領域〉と呼ばれる、〈ヴォイド〉の巨大コロニーが存在する。

艦船はおろか、〈巣〉の殲滅に特化した、強襲型の〈戦術都市〉でさえ、その海域を迂回せざるを得ないような、そんなエリアだ。

恒常的に〈ヴォイド〉が発生するその理由は、いまだ解明されていないが〈ヴォイド・ロード〉による〈大狂騒〉の多くは、この〈虚無領域〉が発生源とされている。

虚空の亀裂より出現する、無数の〈ヴォイド〉の群体。

その群体を——海が呑み込んでいた。

海面に巨大な触手を突き出した海が、虚無の獣どもを、貪り喰（く）らっているのだ。

海洋生物の特徴を残した奇怪な化け物どもが、無造作に引き千切られて消滅する。

まるで、虚無に穢（けが）された海が、その憤怒（ふんぬ）を叩（たた）き付けているようだ。

その、生ける海の中心に、一人の少女がいる。

〈海王〉——リヴァイズ・ディープ・シー。

紫水晶（アメジスト）の髪の少女は、眼前の凄惨な光景に眉ひとつ動かさず、前を見据えている。

〈——〈竜王〉の精神支配が解けたようだ〉

と、壮年の男の静かな声があたりに響く。

「——もう追えない？」

〈いや、居所は把握している。人類の最後の拠点——〈帝都〉だ〉

「なぜ、そんな場所に？」

〈不明だ。不可解な行動ではある〉

「……そう、わかった」

こくり、と——少女は一人頷（うなず）く。

「じゃあ、このまま進む——」

〈海王〉が、前方に手をかざした。

真っ黒な海に大渦が生まれ、〈虚無領域〉ごと〈ヴォイド〉を引きずり込んだ。

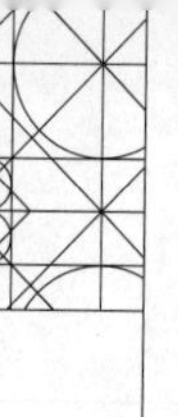

第七章　カジノ・ミッション

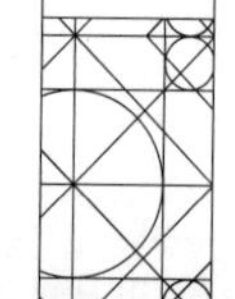

地平線に日が沈み、空には星が瞬きはじめた。

古来より、夜は不死者の時間だった。

墓所から起きた屍が町を徘徊し、戦場ではスケルトンの群れが剣戟を奏でる。

だが、人類は夜の恐怖を克服し、煌々と灯る魔力の光で、闇を駆逐してしまった。

〈シャングリラ・リゾート〉の歓楽街は、ホテルから少し離れた浮島にあった。

派手に明滅する色とりどりの魔力光が、巨大なプールの水面に反射している。

日没後に解放されるこのエリアは、昼間よりもずっと賑やかだ。

「レ、レオ君、こんな場所に来ていいのかしら?」

リーセリアが不安そうにレオニスの手を握り、あたりを見回した。

お嬢様育ちで真面目な彼女は、こういう場所に来るのは初めてのようだ。

……もちろん、レオニスも初めてなのだが、同じ空気の場所は知っていた。

(……変わらぬものだな。歓楽街の雰囲気というものは)

栄華を極めた〈ログナス王国〉の城下にも、やはり歓楽街は存在した。

満ち溢れる虚飾の光の裏側には、粘つくような闇が潜んでいる。

無数の光に照らされた、その先にあるのは、それ自身が光を放つ巨大なビルだ。

――カジノ・フィレット・ヴォマクト。

初代フィレット伯爵家の名を冠した二十二階建てのそのビルは、十八階までがすべて、カジノ・ホールになっているそうだ。

「見て、すごく綺麗よ。気に入ったわ」

ビルを見上げたヴェイラが、目を輝かせて両手を挙げた。

彼女の出で立ちは、白のキャミソールに丈の短いショートパンツ。以前、レオニスが〈第〇七戦術都市〉の商業施設で購入した、外出用の衣服である。

「……そうか？　あまり俺の趣味ではないが」

レオニスは眉をひそめて答える。

肉体は人間でも、心は不死者なレオニスには、ギラギラして眩しく感じるだけだ。

静謐な〈死都〉の地下霊廟のほうが、よほど落ち着くと思うのだが……

（……まあ、ドラゴンという連中は、やたらと光るものが好きだからな）

ドラゴンの多くは、使うあてもないのに、ダンジョンに財宝を蓄えているのだ。

「ねえ、レオ君――」

――と、リーセリアが言った。

「なんです？」

「彼女の身分証は、どうするの？」

「身分証？」

ヴェイラが振り向いて、首を傾(かし)げる。

「身分証がないと、守衛さんにゲートを通してもらえないのよ」

「ああ、そんなの、どうとでもなるわよ」

「どうとでもなるって……」

リーセリアが呆(あき)れた様子で口をつぐむと、

「レオ、もしかして、眷属(けんぞく)に〈魅了〉の魔術を教えてないの？」

ヴェイラが眉をひそめて訊(き)いてくる。

「……ん、まあ……な」

と、気まずそうに答えるレオニス。

「〈魅了〉の魔術は、それなりに高度だ。まだ早い」

——そう答えたものの、半分は嘘(うそ)だ。

比較的、高度な魔術であることは確かだが、魔術の有用性と、〈吸血鬼の女王(ヴァインパイア・クイーン)〉の適性を考えれば、最初に教えてもいいくらいである。

……では、なぜ彼女に〈魅了〉の魔術を教えないのか？

それは、レオニス自身にもよくわからない、モヤモヤした何かだ。

なんとなく、彼女が、他の者を〈魅了〉するのが嫌だったのだ。

（たんに、俺のわがままではあるのだが――）

と、束の間（つかのま）、そんな思案に耽（ふけ）っていると、

「……ふーん、そう。それじゃ、あたしが未熟な眷属に、お手本を見せてあげるわ」

ヴェイラはリーセリアに向き直り、ふふんと微笑した。

「お手本？」

「まあ、見てなさい」

◆

――〈カジノ・フィレット・ヴォマクト〉のビルの前に到着した。

派手な魔力灯の光が目に眩（まぶ）しい。

「〈シャロウ・グレイヴ〉――これより、任務を開始します」

レオニスは通信端末に小声で呼びかけた。

〈浅すぎる墓（シャロウ・グレイヴ）〉とは、〈不死者の魔王〉が、正体を隠して敵地に潜入する時に使っていた隠匿名（コードネーム）だ。ちなみに、ブラッカスのコードネームは〈忍び寄る影（クリーピング・シェイド）〉である。

『シャロウ？　……ええ、気を付けてね』

端末越しに、エルフィーネがやや困惑した声で告げてくる。

「レ、レオ君……わ、わたし、こういう場所に入るの初めてで……」

「大丈夫ですよ」

レオニスは、あわあわと緊張するリーセリアの手を握り返した。

ロビーを抜け、入場ゲートの前で〈聖剣学院〉の学生証を取り出した。

燕尾服（えんびふく）のスタッフが、カードを魔導機器に通して確認する。

「レオニス・マグナス様、問題ありません」

スタッフは慇懃（いんぎん）に頭を下げた。

「通信端末は、こちらで預からせていただきますが、よろしいですか」

「はい、どうぞ」

レオニスは、エルフィーネの用意したダミーの端末を渡した。

〈ケット・シー〉を封じた端末は、〈影の領域〉の中に入れてある。

「そちらのお嬢様も――」

「は、はい！」

リーセリアも、通信端末を預ける。

「あの、そちらの方は――」

と、今度はヴェイラの身分をチェックしようとするが、

「――通しなさい。これは王の命令よ」

キイイイイイイイイ――

ヴェイラの黄金色の目が輝き、焔を宿した紅玉の色に変わる。

「は――かし、こまり……ました。どうぞ――」

「……えええっ！」

と、驚くリーセリア。

「大袈裟ね。この程度は〈吸血鬼の女王〉なら、簡単にできるわよ」

「……あまり、目立つ真似はして欲しくないんだがな」

レオニスは嘆息しつつ、ヴェイラに釘を刺した。

昇降機で三階に上がると、喧噪溢れるホールに出た。

絢爛豪華なシャンデリアの下で、大勢の貴族が賭け事に興じている。

テーブルの間を、バニー姿の美女達がトレイを手に歩き回っているようだ。

「……～っ、ふああっ、ここ、やっぱり大人の場所なんじゃ……」

バニー姿の美女達を見て、リーセリアは両手で顔を覆う。

「いえ、〈聖灯祭〉の時のセリアさんのほうが、すごかったと思いますけど」

「レ、レオ君のばかっ⁉」

女装させられた意趣返しに、意地悪なことを呟くと、ぽかぽかと肩を叩かれた。

カウンターでカードを渡し、クレジットをカジノコインに両替する。

レオニスはその半分をヴェイラに渡して、

「これで好きに遊んでいるがいい。いいか、くれぐれも暴れるなよ」

「一枚で十分よ」

ヴェイラはコインを一枚、指先で弾く。

くるっと踵を返すと、ひらひらと手を振りながら、喧噪の中に消えていった。

「……——」

その背中を、リーセリアはなにかを迷うように、じっと見つめた。

「えっと、僕は例の任務にあたりますが、セリアさんはどうしますか?」

「うん、そう、ね……」

と、彼女は唇に指先をあてて——

少し悩むようなしぐさをしたあと、何かを決意したようにうんっと頷いた。

「レオ君——」

膝を曲げて、レオニスと目線を合わせる。

……ヴェイラのことを訊かれるのだろう、とレオニスは予測した。

彼女は本当に、レオニスの眷属なのか——と。

(……どうしたものか)

誤解を解きたくはあるものの、ヴェイラが〈魔王〉であることは明かせない。彼女の正体を明かせば、必然、レオニスが〈魔王〉であることもわかってしまう。

——だが、リーセリアが口にしたのは、意外な言葉だった。

「レオ君が、秘密をたくさん抱えてるのは知ってる。でも、それはいいの。もし、レオ君が話したくなったら、そのときに聞くわ。だから——」

と、彼女は小声で囁く。

「もう少しだけ、わたしを頼って欲しいな」

彼女の透き通った蒼氷の瞳が、切なそうに揺れていた。

(……頼る、か)

それは、彼女の中でずっと、澱のようにわだかまっていたことなのだろう。

——過保護ね、と呟いたヴェイラの声が、脳裏に甦る。

過保護なのは、信頼していないことの裏返し、なのかもしれない。

「……わかりました。それじゃあ、これからはセリアさんを頼ってしまいますよ」

レオニスがそう答えると、

リーセリアは微笑して、うんと頷き返した。

それから、彼女は膝を伸ばして立ち上がり、くるりと身をひるがえした。

輝く白銀の髪が、ふぁさっと舞う。

「セリアさん、どこへ？」

「──決闘してくるわ」

「え？」

リーセリアは振り向いて微笑むと、ホールの人混みの中へまっすぐに歩いて行く。

「ちょ、セリアさん!?」

その背中を追いかけようとして、ふと立ち止まる。

（……これも、過保護かもしれんな）

肩をすくめ、彼女の後ろ姿が消えるのを見送った。

（──さて、俺はエルフィーネ先輩の任務をこなすか）

レオニスはテーブルの間を歩きはじめる。

カジノに接続された魔導機器の近くで端末を起動すれば、〈ケット・シー〉は、自動的にネットワークに潜り込むそうだが、ここに魔導機器はなさそうだ。

（たしか、〈スロットマシーン〉というものがあるらしいが……）

人混みの中を抜け、あたりを見回していると、

「ボク、ジュースはいかが？」

ドリンクのトレイを手にした、バニー姿の美女が声をかけてくる。

「……いえ、結構です」

「そう、その制服、〈聖剣学院〉から来たの？」

「ええ、まあ……」

「そう、楽しんでいってね♪」

憮然として答えるレオニスに会釈して、別の客のところへ移動する。

（……痴れ者め。〈魔王〉である俺に、気安く話しかけるとは）

と——

「あの……」

「——ジュースは結構です！」

また声をかけられ、レオニスが苛立たしげに振り向くと、

「も、もも、申し訳ありません、魔お……お客様！」

「なっ……シャーリ!?」

そこにいたのは、軽食のトレイを手にしたシャーリだった。

ただし、その姿はいつものメイド服ではない。

ウサ耳のカチューシャにモフモフしっぽ。網タイツのバニー姿であった。

黄昏色の瞳が、まるで本物のウサギのようだ。

「……っ、シャーリ、な、なんだ、その格好は？」

驚いて、小声で訊ねると、

「ま、魔王様が潜入しろと仰(おっしゃ)ったのでっ、溶け込める姿にしたのですがっ！」

シャーリは唇をとがらせ、恥ずかしそうに、ごにょごにょと呟(つぶや)いた。

「……そ、そうか。たしかに、メイド服は目立ちすぎるからな」

こほん、と咳払(せきばら)いして、レオニスはトレイのサンドイッチをつまんだ。

口に放りこみつつ、ホールの端へ移動する。

「なにか分かったことはあるか？」

「はい。十四階に、選ばれた貴族の使う、秘密の部屋があるようです」

「ふむ、なるほど。やはり、ただの遊戯場(カジノ)ではないのだな」

「そのようです……はむ、はむ」

と、サンドイッチを食べつつ答えるシャーリ。

「シャーリ、それは、お前が食べてはだめなのではないか？」

「……はむ……だめですか？」

「いや、まあいい。それより、魔導機器を使う階はどこにある？」

「それは四階と五階、七階です。賭け事の種類は異なりますが、制御には、同じ〈人造精霊(アーティフィシャル・エレメンタル)〉が使われているようです」

「そうか。では、俺は上の階へ向かう。引き続き調査を続けよ」

「は――」

レオニスが命じると、バニーシャーリは、すっと音もなく離れて行くのだった。

◆

七階のフロアで昇降機を下りたリーセリアは、彼女の姿を探した。

豪華絢爛(ごうかけんらん)な内装の二階ホールとは違い、シックなバーのような印象だ。

照明はかなり薄暗いが、〈吸血鬼〉の眼(め)を持つ彼女には関係ない。

少し背伸びして、きょろきょろとフロアを見回す。

あの美貌と、燃えるような真紅の髪は、かなり目立つはずだ。

と、奥のテーブルに、人だかりが出来ており、その中心に――

(……ここ、かしら？)

……いた。

ルーレット・ゲームのテーブルだ。

真紅の髪の少女が、テーブルでグラスを傾けつつ、ゲームに興じている。

彼女の前には、積み上がったコインの山が三つ。

ディーラーの顔が、やや引(ひ)き攣(つ)っているのがわかる。

(……コイン、一枚しかなかったのに)

リーセリアは息を呑むと、勇気を振り絞り、そのテーブルに近づく。

──と、偶然だろうか。振り向いたヴェイラと視線が合った。

「……あ」

鋭い眼光。リーセリアはその場で固まった。

……せっかく出した勇気が、もう挫けそうだ。

だが、彼女はリーセリアの姿に気付くと、ふっと微笑を浮かべた。

そして、来なさい──とでも言うように、手招きしてくる。

リーセリアはきゅっと拳を握ると、覚悟を決めて歩き出した。

テーブルの前まで行くと、彼女は隣の席を勧めてきた。

「──ここに座りなさい。眷属の娘」

「リーセリアよ」

黄金色の眼をまっすぐに見つめ返し、リーセリアはきっぱりと名乗った。

「リーセリア・レイ・クリスタリア。レオ君の保護者です」

「そう、セリア──だったわね」

と、彼女はレオニスと同じ呼び方をする。

「あたしは、ヴェイラ。この名前を知る者も、今ではもういないけど」

「……」

リーセリアが隣に座ると、ヴェイラはウェイターを呼んだ。

「この娘に、ブラッディ・ローズのカクテルを」

「……っ、だ、だめよ！　わたし、十五歳だし……」

リーセリアはあわてて首を振る。

〈不死者〉の彼女は、お酒で酔うことはないのだが、学院の規則だ。

「そうなの？　保護者っていう割には、子供じゃないの」

「……あなただって、わたしとそんなに変わらないじゃない」

リーセリアと同い年か、せいぜい、一つか二つ上だろう。

「外見なんて、あまりあてにならないものよ」

くすっと妖しく微笑んで、ヴェイラは酒のグラスを飲みほした。

「トマトジュースを」

注文を告げた後、彼女は黄金色の瞳を輝かせ、リーセリアの顔を見た。

「それで？　あたしになにか？」

「……っ、ええ――」

リーセリアは気後れしながらも、気丈に彼女を睨み返し、

「あなたと、勝負をしに来たの」

「勝負？」

ヴェイラは唇を舐め、面白がるような微笑を浮かべた。

「ええ、そうよ。あの時の決着をつけるわ」

「あの時？」

と、ヴェイラは一瞬首を傾げて、

「あ、ああ……あの勝負、ね」

……思い出したようだ。薄暗い照明の下で、彼女の頬がわずかに紅潮する。

ウォーターシューティングの勝負中、レギーナの射撃で彼女の水着が外れる、というハプニングがあり、そのすぐ後に、〈魔剣〉使いの乱入があったため、再戦は有耶無耶になってしまったのである。

「……いいわよ。その勝負、乗ってあげる」

ヴェイラは鷹揚に頷いて、

「ただし、何かを賭けないと面白くないわね」

「……え？」

リーセリアはわずかに眼を見開く。

ヴェイラは、形のよい顎に指をあてて——

「そうね。あたしが勝ったら、レオを貰う、っていうのはどう？」

「なっ!?　だ、だめに決まってるわ、レオ君を賭けるなんて！」

リーセリアは眉を吊り上げた。

「だめ?」

「だめです!」

「うーん……それじゃあ、レオの第一眷属の立場っていうのは、どう?」

「な、なによ、それ……」

「文字通り、レオの一番の眷属を主張できるってことね」

「そ、そんなの……」

「その代わり、あたしのほうはおまけしてあげるわ」

と、ヴェイラはひと差し指をたてて続ける。

「もしあなたが勝ったら、あなたの知らないレオのこと、一つだけ教えてあげるわ」

「……っ!」

思わず、息を飲む。

自分の知らないレオニスを、彼女は知っている。

「レオ君のこと、知ってるのね——」

「もちろん、あなたより、ずっと古い付き合いだもの」

余裕の表情で、ヴェイラは頷く。

「……」

「さあ、どうする？　あたしは、どっちでもいいわよ」

「わかったわ。その条件で、勝負しましょう」

リーセリアはきっぱりと頷いた。

◆

「勝負は、これでいいわね。ルールはわかる？」

「ええ」

ヴェイラはトントン、と指先でテーブルを叩く。

――〈運命の輪〉。カジノではありふれた、ルーレット・ゲームだ。

ルーレットには白と赤の二色の穴があり、それぞれに数字が割り振られている。

ディーラーがボールを放り込んだ後、客はルーレットの回転中に、ボールの入る穴を指定してコインを賭ける、おおまかには、そんなルールだったと記憶している。

「あなたは？」

「さっき、ディーラーに教えてもらったところよ」

ヴェイラはコインを片手で弄んだ。

「それじゃあ、次のゲームで勝負をしましょう」

「ええ――」

頷(うなず)いて、リーセリアはじっとルーレット盤を見つめる。

ディーラーが慣れた手つきでボールを投じた。

ボールがルーレットの上をくるくると転がる。

(……勝たないと)

リーセリアは祈るように、拳を強く握った。

これは、気持ちの問題だ。

(――戦う相手は、彼女じゃない)

自分の中にある、気後れとか、劣等感とか、そんな曖昧なもの。

それを断ち切るための、これは勝負だ。

(……ううん、違うわね。気持ちを誤魔化(ごまか)しちゃ、勝負の意味がない!)

と、胸中で首を横に振る。

(きっと、わたしは……彼女に嫉妬してるんだわ)

運命のルーレットが回る。

リーセリアは必死に目を凝らし、回転するボールを追う。

そして――

「白よ」

と、コインを三枚、白の場所に置く。

「じゃあ、あたしは赤ね」

ディーラーがぎょっとして、ヴェイラを見た。

リーセリアも、思わず眼(め)を見開く。

彼女が賭けたのは、手持ちのコイン全部だ。

「ま、待って！　こういう勝負って普通、何度も繰り返すものでしょう？」

「そう？　あなたは、そういう勝負がお望みなの？」

「……」

問われ、リーセリアは返答に窮した。

……彼女の言う通りだ。

そんな勝負で、たとえ彼女に勝ったって、そんなのは意味が無い。

「わたしも、白に全部賭けるわ――」

リーセリアはコインをすべて、前に差し出した。

もとより、運否天賦(うんぷてんぷ)の勝負をしに来たわけじゃない。

(……わたしの全力をぶつけなきゃ、彼女には勝てない！)

薄暗い照明の下で、白銀の髪が淡く輝き、ふわりとひろがった。

魔力を帯びて、蒼氷(アイスブルー)の瞳の色が赤く変色する。

――と、その視線を浴びたボールが徐々に加速をはじめた。

「なっ……!?」

ディーラーの驚く声。

「そうこなくちゃ、ね――」

ヴェイラの黄金色の瞳に、かすかな焔が宿る。

――と、今度は、ボールの速度が一気に落ちた。

「……っ!」

ギャリリリリッ――!

二人の魔力が完全に拮抗した場所で、ボールは止まる。

「……くっ……う……!」

リーセリアは歯を食いしばり、更に魔力を込める。

だが、ヴェイラは涼しい表情でグラスの縁を撫でつつ、

「ねえ、どうしてレオは、あなたを支配しないのかしらね」

と、話しかけてくる。

「……え?」

「不思議に思わない? 眷属なんて、契約刻印で簡単に従わせられるのに」

「……それ、は――」

突然、そんな話をされて、戸惑うリーセリア。

「完全に従わせて、駒として扱えたほうが、都合がいいでしょう？」

「レオ君は、そんなこと……しない、もの……」

駒として使うどころか、彼女を守る為に、身を危険にさらすことだってある。

「……そう。だったら、あなたには、何か違う役目を期待しているのかもね」

「違う、役目？」

魔力を帯びたボールが、火花を散らしてスピンする。

赤のポケットに落ちぬよう、必死に魔力を放出しつつ、リーセリアは訊ねる。

「眷属は本来、主君たる王を守るもの。でも、今のあなたにその力はないわね」

「……っ!?」

リーセリアのボールが、ゆっくりと押し戻される。

「そん……なのっ……！」

「でも、眷属にはもう一つの役目があるのよ」

その声音は、まるで優しく教え導くかのようだ。

「眷属は、主君に直言を許される存在。主が道を間違えた時、その命を賭しても、主を正しく導く義務があるの。ただ命令に従うのは、配下にすぎないわ」

「……！」

拮抗していた魔力が、パァンッと弾けた。

ボールは上に跳ねて——

そのまま、白のポケットに落下した。

「……あたしの負けね」

と、ヴェイラは肩をすくめ、コインの山をディーラーのほうへ押しやった。

「約束だったわね。レオのことをひとつ教えてあげる」

「……」

リーセリアは、少し考えて、やがて口を開く。

「それじゃあ、レオ君の好物は知ってる？」

「……そんな質問でいいの？」

ヴェイラは眉をひそめた。

「ええ、知ってるの？」

「……し、知らないわよ、そんなの」

「じゃあ、教えてあげるわ」

リーセリアはふっと微笑を浮かべて、

「レオ君は、ハンバーグとパスタが好きなのよ」

言い残して、リーセリアは席を立った。

「コインは？」

「あげるわ」

……最後は、リーセリアが勝つように仕向けられた。

どちらが第一の眷属とか、彼女にはどうでもよかったのだ。

（……負けたのは、わたしのほうね）

リーセリアは肩をすくめた。完敗だった。

けれど、なんだか胸のつかえがとれたようだった。

レオニスのことは、聞きたかったけれど——

……それはいつか、レオ君が話してくれるのを待とうと思う。

◆

「こちら〈シャロウ・グレイヴ〉、無事〈ケット・シー〉を潜り込ませました」

無人の非常階段で、レオニスはエルフィーネに報告した。

『ありがとう、レオ君。あとはわたしに任せて』

「それじゃ、僕は帰投しますね」

通信を切ると、レオニスは端末を制服の懐に入れた。

端末には、すでに猫の姿をした〈人造精霊〉はいない。今頃、このカジノのネットワークに入り込んで、情報を収集しているのだろう。

「……簡単なミッションだったな」

呟いて、賑やかなホールに戻る。

と——

「あ、レオ君！」

レオニスを探していたらしいリーセリアが、ぱたぱたと駆け寄ってきた。

「やっと見つけた。探してもぜんぜんいなくて、案内放送を頼もうと思ってたのよ」

「は、恥ずかしいのでやめてください」

リーセリアは身を屈めると、小声で囁く。

「それで、フィーネ先輩の頼み事は大丈夫だったの？」

「ええ、無事に完了しました」

「……そう。それじゃあ、帰りましょうか」

「そうですね」

じつのところ、少しだけ、カジノでお小遣いを増やそうかとも考えていたのだが、リーセリアはあまり長居はしたくなさそうだ。

「……そういえば、ヴェイラは？」

「ええっと、たぶん、まだお酒を飲んでいると思うけど」

「それじゃあ、放っておきましょう」

レオニスが歩き出すと、リーセリアがその手をすっと掴んだ。

「セリアさん、大丈夫ですよ。子供扱いは――」

レオニスはきょとん、と首を傾げるが――

「……だめ」

リーセリアはその手を掴んだまま、離そうとしなかった。

◆

……夕飯時。

ミーティングルームのテーブルには、レギーナの手料理が並んでいた。

合宿初日は、ホテルのレストランで食事をとったのだが、それでは栄養が偏ると言うことで、レギーナがキッチンを借りて作ってくれたのだ。

まあ、栄養バランスの点で言えば、レギーナの作ってくれる食事が一番なのだろう。

野菜と貝のスープ。鹿肉のワイン煮込み。全粒粉のパンに、ウドとキノコのサラダ。白身魚のマリネ、ペンネグラタン、三種類のチーズ。

　大陸に広がる〈精霊の森〉には、なぜか〈ヴォイド〉の発生が確認されておらず、野生動物が生息しているため、〈第〇七戦術都市(セヴンス・アサルト・ガーデン)〉よりも、食材は豊富なようだ。第Ⅵエリアには魚介類を養殖しているフロートもあるらしい。

　レオニスは、任務の成功を改めて報告した。

「お嬢様たち、わたしが夕食を作ってる間に、そんな面白いことをしてたんですね」

　レギーナが羨ましそうに言った。

「セリアお嬢様がカジノに出入りするなんて、クリスタリア公爵がご存命だったら、わたしが叱られてしまいますよ」

「べ、べつに、カジノで遊んでいたわけじゃないわ」

「そういえば、別行動してる時、なにをしてたんですか？」

　レオニスが訊(たず)ねると、

「……え？　ええっと」

「あー、やっぱり遊んでたんじゃないですか」

「賭博か、ボクもカジノに行きたかったな」

　と、咲耶(さくや)もカジノの話に興味津々(しんしん)のようだ。

　ちなみに、シャーリの報告によれば、現地の〈王狼派(おうろうは)〉との交渉は決裂。

アルーレと共に、相手組織の用心棒と大立ち回りになったそうだ。

その最中にヴェイラの襲撃があり、そのどさくさで撤退したそうだが――

――〈魔王軍〉の拡大は、前途多難だ。

やはり、交渉には〈魔王〉本人が出向いたほうがいいのだろうか。

「明日からの訓練メニューを調整したわ。他校の学生とアポイントメントも取ったから、実戦に似た演習をしましょう！」

リーセリアがメモを取り出し、明日からの訓練メニューを報告した。

◆

滋味溢れる食事の後、レオニスは貸し切りフロアの浴場に向かった。

〈星天宮〉、というやや大仰な名前には鼻白んだものの、その名の通り、建物の外に張り出した巨大なバルコニー状の浴槽で、海を一望することができる。

浴槽には手摺りがなく、まるで海の水平線と境目がないように見える。

「――これは、絶景だな。〈ログナス王国〉の空中庭園にも匹敵しよう」

湯気の上がる風呂に浸かり、レオニスはふうとため息を吐く。

〈帝都〉の二日目は、いろいろなことがあった。

〈不死者の魔王〉といえど、肉体は十歳の人間の少年だ。疲労もたまる。

（……まあ、主にヴェイラのせいだがな）

上を見上げると、満点の星空が広がっている。

……血のように赤い星、凶星は見えない。

（……あの星のことも、気になるな）

それが、本当に天体なのかどうかさえ疑わしい。

星は一定の周期で巡るものだが、その星が現れる日に、規則性はないという。

〈ヴォイド〉発生との因果関係は不明だが、データによれば、空に凶星が出たときの〈ヴォイド〉の出現確率は明らかに高いそうだ。

レギーナが生まれた時、あの星が空に現れなければ、彼女は捨てられることなく、王族として暮らしていたのだろう。

咲耶の故郷〈桜蘭〉滅亡の際も、凶星は空に輝いていたという。

そして——

——虚無は、星の福音を告げし者。

——世界は虚無の星と共に再生する。

〈大賢者〉——アラキール・デグラジオスの言葉だ。

——それが、あの凶星のことを指すのかどうかは、不明だが。

――一〇〇〇年前とは変わってしまった空。変わってしまった世界。

〈天空城(アズール・フォート)〉にある〈天体観測装置(アルマゲスト)〉を使えば、あの星のことが、わかるだろうか――？

――と、その時。

背後で、ぱちゃっと小さな水音がした。

「……っ、セリアさん!?」

あわてて入り口のほうを振り向く。

――が、そこには誰もいない。

「……？」

「こっちよ、レオ」

声が聞こえて来たのは、振り向いたのとは反対側だった。

かすかな星明かりに照らされて――

裸身の少女が、浴槽の縁で足を組んで座っていた。

夜の闇の中で、焔(ほのお)のような紅蓮(ぐれん)の髪が、波打つ水面を流れている。

――ヴェイラだ。

「……っ、貴様、いつのまに――」

「レオが星を見ていたときよ。全然、気付かないんだもの」

ヴェイラは水面を蹴りあげ、ちゃぱっ、と水をかけてきた。

艶めかしい、真っ白な脚。

「な、なにをする！」

「ひょっとして、あたしの肢体にドキドキしてる？」

「……～っ、だ、誰がするものか！」

叫びつつも、レオニスは顔を赤くして眼を逸らした。

そんなレオニスの様子を見て、ヴェイラはからかうように、

「それとも、あの眷属の娘じゃなくて、残念だった？」

「なっ……」

レオニスが言い返すより前に——

ヴェイラは風呂の中に身を投じ、すーっと泳いでくる。

水面に、真紅の髪が華のように咲く。

彼女はレオニスの目の前までくると、水面から顔を上げた。

したたり落ちる水滴。輝く黄金色の眼がレオニスを見つめる。

「あの娘、カジノであたしに挑んで来たわよ」

「なに？」

レオニスは眉をひそめた。

リーセリアは、そんなことは話していなかった。

「なぜ、お前に勝負を？」

「……さあ、あの娘なりの、意地じゃないかしら」

「意地？」

「ああ見えて、けっこう負けず嫌いよ、あの娘」

「……それは知っている」

レオニスが答えると、ヴェイラはくすっと微笑んで、

「見どころのある眷属ね。気に入ったわ」

「……俺の眷属だからな」

「ねえ、あの娘、あたしにくれない？」

「やらん。リーセリア・クリスタリアは俺のものだ」

レオニスは首を振り、ヴェイラを睨んだ。

「……そう。羨ましいわね」

――と、ヴェイラは浴槽の縁に身体を預けながら、ぽつりと呟く。

（……羨ましい？）

どっちが、とは敢えて訊くまでもないだろう。

彼女の眼は、水平線を越えて、その遙か先を視ている。

――〈天空城〉に眠る、竜族の戦士達。

彼女の眷属は、〈六英雄〉との戦いで全滅した。

全員が、命を賭して居城と〈竜王〉を守り、死んだのだ。

暴虐無人のヴェイラも、眷属の竜たちには慕われていたのだろう。

「――行くのか?」

「ええ」

と、視線は海のほうを見つめたまま、ドラゴンの魔王は頷く。

「――感じるわ。あたしを追って来てる」

「俺はなにも感じないがな」

「竜の感覚と、人間の感覚は違うもの」

ヴェイラは振り向くと――

レオニスの頬にすっと手を触れた。

そのまま、顔を近付けて、額と額をこつんと合わせてくる。

「……ヴェ、ヴェイラ?」

「レオの匂い……」

と、額をつけたまま、呟く彼女。

「――〈天空城〉で意識を失った時……ね、なぜか、あんたの顔が浮かんだの」

「……」

「あたしがここに来たのは、たぶん、ドラゴンの本能。無意識のうちに、レオの匂い――〈魔王〉だった頃のあんたの魔力を、感じていたんだと思う」

ヴェイラの指先が、レオニスの髪を弄ぶ。

「お、おい……」

「ねえ、レオ……最後に――」

「――レオ君、誰かいるの？」

その時。背後で声が聞こえた。

「……っ!?」

あわてて飛び退くレオニス。

ガララッ、と同時に扉の開く音がして。

振り向けば、浴場の入り口にいたのは、タオル一枚を纏ったリーセリアだ。

「レオく……あ！」

ヴェイラの姿を見て、むっとまなじりを吊り上げる。

「な、ななな、なにをしているのっ！」

「あら、レオと一緒にお風呂に入っていただけよ」

濡れた髪をかきあげて、ふっと微笑するヴェイラ。

「……～っ、だ、だめ――っ！」

リーセリアはぷくーっと頬(ほお)を膨らませ、勢いよく歩いてくると――

タオルを脱ぎ捨て、ザパアッと浴場に飛び込んだ。

「セ、セリアさん!?　そ、その、胸……見えて……」

リーセリアはかまわずに近付き、レオニスの身体(からだ)をぎゅっと抱きすくめた。

ふよんっ、とすべすべで柔らかな感触が背中にあたる。

「……あ、う……」

どうすることもできず、顔を赤くしたまま、固まってしまうレオニス。

リーセリアはむっとした表情のまま、目の前のヴェイラをまっすぐに見据えて、

「あ、あなたが一番の眷属(けんぞく)でも、レオ君の保護者は、わたしなんだからっ！」

「セリアさん、あ、あたって……ます……胸」

レオニスはもごもごと呟(つぶや)くが、彼女はますますぎゅっと抱き締めてくる。

「……」

そんな二人の様子を見て――

「ふふ……わかったわ、保護者さん」

ヴェイラはくすっと微笑する。

「それじゃあ、レオを頼むわね」

「……え？」

穏やかなその声に、きょとん、とするリーセリア。

ヴェイラは身を翻（ひるがえ）し、浴場の縁へと歩いて行く。

と――

とんっと縁の壁の上に跳び乗った。

「ちょ、ちょっと、危ないわよ！」

あわてて声をかけるリーセリアに、

ヴェイラは紅蓮（ぐれん）の髪をなびかせ、振り返る。

「セリア、あたしがレオの眷属（けんぞく）っていうの、あれは嘘（うそ）」

「……？」

「そうね、あたしとレオは、古い戦友――いえ、宿敵よ」

ヴェイラの身体（からだ）が紅蓮の焔（ほのお）に包まれた。

浴場の水が白い蒸気となって吹き上がり、視界を一気に覆い隠す。

「……なっ!?」

蒸気の霧が晴れた時――

そこには、すでに赤髪の少女の姿はなかった。

――そして。次の瞬間。

ブオンッ――！

巨大な翼を羽ばたかせ、星降る夜空に、真紅のドラゴンが舞い上がる。

大気が爆発し、ホテルのすべての窓がビリビリと震えた。

「え、えええええええええっ!?」

思わず、レオニスの身体を離して、リーセリアが驚愕の声を上げる。

「レ、レオ君、あのドラゴンって、ひょっとして……」

空を飛ぶドラゴンを指差して、固まる彼女。

……さすがに、誤魔化すのは無理だろう。

レオニスは嘆息して、肩をすくめた。

「ええ。彼女は古のドラゴン・ロード。人間ではありません」

「……ドラゴン・ロード」

美しい、焔の尾を曳いて飛翔するその姿は、まるで流星のようだ。

「彼女は、どこへ行ったの?」

「戦場へ向かいました」

と、レオニスは簡潔に答えた。

「戦場……一体、何と戦うの。〈ヴォイド〉?」

「いえ、彼女が戦うのは──もっと、強大な敵です」

〈海王〉──リヴァイズ・ディープ・シー。

——最強の力を誇る〈魔王〉。

(ヴェイラも、同格の〈魔王〉だが……)

今の〈竜王〉は、まだ本来の力を取り戻せていない。

そして、敵は〈海王〉だけではないのだ。

言い淀んだレオニスの様子を見て、この聡い眷属は察したようだ。

「行ってあげて、レオ君」

と、彼女は優しく微笑んだ。

「セリアさん……」

「だって、あの娘、レオ君のこと、戦友って言ってたわ」

「……」

レオニスは口をつぐんだ。

無論、ヴェイラを一人で征かせるつもりはなかった。ただ、リーセリアにどう切り出せばいいのか、躊躇していたのだ。

しかし、リーセリアのほうからそれを言い出すのは、予想外だった。

「〈聖剣剣舞祭〉までに、帰ってこられないかもしれませんよ」

レオニスは顔を上げ、リーセリアの眼を見つめた。

「そんなに遠いところなの?」

「ええ……」

〈海王〉が、どれほど接近しているのかは不明だが、一日二日の距離ではないだろう。

リーセリアは、少し考えるような仕草をして――

それから、ぽんっとレオニスの頭に手をのせた。

「大丈夫。わたしたちで、なんとかするわ」

「本当に、いいんですか？」

「うん。だけど――」

と、リーセリアは耳のそばに唇を寄せて囁く。

「――なるべく、早く帰ってきてね」

「――はい」

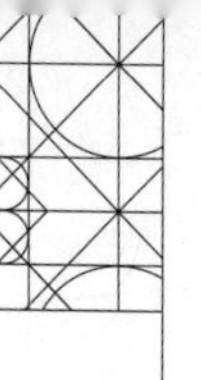

第八章　魔王会戦

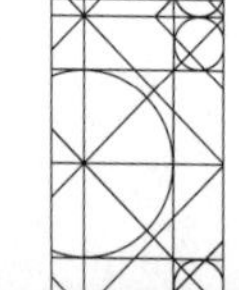

焔(ほのお)の尾を曳(ひ)いて、真紅のドラゴンが水平線を飛翔(ひしょう)する。

竜の本能は、遙(はる)か遠方より接近する強大な存在を感知していた。

（……気配を隠そうともしない、傲慢ね）

海がざわついているのを感じる。

竜形態での飛行速度を考えれば、会敵するのは、少なくとも二日後だ。

それほどの距離がありながら、すでにこのあたりの海へ影響を及ぼしているのだ。

（――〈海王〉とは、本気でやり合ったことは、なかったわね）

単独戦力としては、最強と呼ばれる〈魔王〉。

はたして、どれほどの力を有しているのか――

――ピシ――

と、前方の空に、なにか亀裂のようなものが走るのが見えた。

……ピシ――ピシピシ、ピシピシピシッ――！

虚空の裂け目は、瞬(また)く間に空を覆い尽くし、なにかおぞましい影が這(は)い出てくる。

瘴気(しょうき)を纏(まと)った虚無の化け物――〈ヴォイド〉だ。

それが、海に点在する〈虚無領域〉であることを、ヴェイラは知らない。

だが、彼女は竜の本能で、それがなんであるかを理解した。

「……っ、化け物の巣みたいね！」

懸命な者であれば、即座に迂回するところだ。あるいは、獣であれば、本能で回避したかもしれない。だが、彼女は〈竜王〉――最強のドラゴンだった。

「――鬱陶しいわ、消し炭になりなさい！」

ゴオオオオオオオオオオオオオッ！

――竜の吐息。

燃え盛る紅蓮の焔が、無数の〈ヴォイド〉を一瞬で焼き尽くした。

――だが。

……ピシッ……ピシピシッ――ピシッ――

虚空の裂け目は増え続け、虚無の化け物は無尽蔵に生まれてくる。

「あんたたちに、構ってる暇はないのよっ！」

オオオオオオオオオオオオオッ！

轟き渡る咆哮。羽ばたいて、群れの中へ飛び込んでいく。

鋭い牙が〈ヴォイド〉を噛み砕いた。焔を纏う爪が巨大な怪物の喉を引き裂き、尾の一撃が頭部を粉砕する。焔の斉射が夜空を焦がし、海を赤く染め上げた。

「……っ、キリがないわね、どこからわいてくるの、この蟲ども！」

だが、おびただしい数の〈ヴォイド〉は、斃しても斃しても、ヴェイラの全身にまとわりつき、海上に落下させようとする。

と——

「——天の星々よ、傲慢なる者に裁きを与える者よ——」

風に乗って、どこからか声が聞こえて来た。

同時、虚無の蔓延る空に、禍々しく輝く無数の魔法陣が展開される。

「第十階梯広域破壊魔術——〈魔星招来〉！」

ギュオンッ、ギュオンッ、ギュオンッ、ギュオオオオンッ——！

召喚された隕石が降りそそぎ、あたり一帯の〈ヴォイド〉をまとめて殲滅した。

海面のそこかしこに巨大な水柱が立ち、海の水が沸騰する。

グルル……と、ヴェイラは唸り、上を見上げた。

そこに——

「ふん、ようやく、追いつけたぞ。虚無の化け物に感謝せねばな」

魔杖を手にした少年が——いた。

〈屍骨竜〉の頭骨の上に立ち、傲然とヴェイラを見下ろしている。

「……レオ、なにしに来たのよ！」

ヴェイラはドラゴンの姿のまま、竜語で叫んだ。

「俺も行く。貴様一人では、〈海王〉には勝てまい」

「断るわ。これは〈天空城(アズール・フォート)〉の主(あるじ)である、あたしの戦いよ」

「違うな。俺が興味があるのは、〈海王〉よりも、むしろお前を精神支配した何者かだ。この世界のこと、ロゼリアの転生体の情報を握っているかもしれぬ。それに、お前がまた精神支配を受けて、暴走されても困るからな」

「……っ、あ、あれは、油断しただけよ！」

「ふん、言い争っている場合ではないぞ、ヴェイラよ。新手が来る——」

周囲に虚空の裂け目が生まれ、〈ヴォイド〉が這(は)い出してきた。

レオニスは〈屍骨竜(スカル・ドラゴン)〉の鼻先を蹴ると、宙へ身を投げて落下した。

そのまま、タッ、とヴェイラの背に飛び移る。

「な、なな、なにをするのよ！　この〈竜王〉の背に乗るなんて！」

「〈屍骨竜(スカル・ドラゴン)〉では間に合わぬが、天下に名だたる〈竜王〉の飛翔(ひしょう)速度なら、〈聖剣剣舞祭〉に間に合うかもしれん」

レオニスは自身の影の中から、漆黒の手綱を取りだし、ヴェイラの首に巻き付けた。

あらゆる魔獣を意のままに操れる、神々の神具だ。

「あんた、そんなんであたしを操れると思ってるの？」

「いや、たんに気分だ」

「……振り落とすわよ」

「面白い、やってみるがいい。だが――」

と、レオニスは、眼前に広がる〈ヴォイド〉の群れを不敵に見据えた。

「まずはこの雑魚どもを片付けるぞ！」

◆

カーテン越しに、優しい陽の光が射し込んだ。

「ん……ふぇお……君……？」

ふかふかのベッドの上で、リーセリアは枕をぎゅーっと抱きしめた。

寝ぼけたまま、かぷり、と枕に小さな牙を突き立てる。

……吸血できない。しかたがないので、枕をかぷかぷ噛み続ける。

しばらく、そうしてから……ハッ、と目を覚ました。

レオニスはいない。

（……そう、だったわね）

枕を抱きしめ、ぽふっと顔をうずめる。

ふと通信端末を見るが、履歴はなかった。
もう、魔力の届かない場所にいるのだろう。
（大丈夫、かしら……）
自分で背中を押したものの、今頃になって、やはり不安が頭をもたげてくる。
本当は、危険な戦いになんて行って欲しくなかった。
もしかしたら、行かないで、と懇願すれば、彼はここに残ってくれただろうか。
不安を打ち払うように首を振り、リーセリアはベッドから起き上がった。
寝間着から学院の制服に着替えつつ、スケジュールを確認する。
――〈聖剣剣舞祭〉の開催まで、あと六日。
（レオ君のいない場合での連携を考えないと、ね――）
それから、ホットミルクを飲むため、部屋を出て共用のキッチンスペースへ。
――と、キッチンの奥で、なにかごそごそという音がした。
「……？」
リーセリアは首を傾げる。
ここのフロアは、エルフィーネ先輩が貸し切りにしているはずだ。
（レギーナが、朝食を作っているのかしら？）
しかし、まだ陽が昇ったばかりだ。朝食にしては早すぎる。

「レギーナ？」

ひょい、と覗（のぞ）き込むと——

……はむはむはむはむ。

「……」

制服姿のレオニスが、ドーナツを食べていた。

昨日、咲耶（さくや）がお土産に買ってきたもので、紙箱が開いている。

「レ、レオ君!?　な、なな、なにをしてるの!?」

「……はむ!?」

リーセリアが叫ぶと、レオニスはびっくりして、足置き台から転がり落ちた。

「だ、大丈夫……っていうか、どうしてここにいるの？　どういうこと？」

混乱しつつも、転んだレオニスに手を貸した。

「……あ、えっと……大丈夫、です、リーセリアさん」

——と、その瞬間。妙な違和感を覚える。

なんとなく、普段のレオニスと微妙に反応が違うのだ。

……というか、彼はリーセリアさんではなく、セリアさんと呼ぶのである。

「あなた、レオ君じゃないわね」

「……な、なんのことですか、リーセリアさん」

レオニスはとぼけるように目を逸らした。

「レオ君は、わたしのこと、セリアって呼ぶのよ」

「あ……」

指摘すると、しまった、という顔になる。

表情がくるくると変わってわかりやすい。

リーセリアが、なおもじーっと見つめていると、

「……しかたありませんね」

そのレオニスの姿をした何者かは、観念したようにため息を吐いた。

すっと立ち上がり、制服の襟を正して、こほんと咳払いする。

「わたしは、魔王さ……レオニス様の配下です」

「レオ君の配下？」

レオニスに骨の怪物の配下がいることは、知っている。

〈ログナス三勇士〉には、訓練もしてもらっているので、最早顔馴染みだ。けれど、反応からするに、このレオニスに化けた何者かはあの骨の戦士ではないのだろう。

「魔……レオニス様がご帰還されるまで、身代わりとして振る舞うようにと、仰せつかっております」

「レオ君の身代わり……」

なるほど、とリーセリアは納得した。

レオニスは時々、身代わりの人形を使うことがある。

主に、学院の講義をサボったりするときだ。

（……レオ君は、バレてないと思ってるみたいだけど）

レオニスの身代わりは続けて、

「そして、もし、〈聖剣剣舞祭〉開催までに帰還が間に合わなかった場合は、わたしが代わりに出場するようにとご命令されております」

「……はあ」

リーセリアは、思わず間の抜けた返事をする。

レオニスは抜かりなく、万が一の時の手を打ってくれていたのだ。

「……わかったわ。よろしくね」

と、リーセリアが手を差し出しと、

「……」

レオニスの身代わりは、その手をじっと見つめて――

「……よろしくお願いします、セリアさん」

なんだか不承不承といった様子で、手を握り返してくるのだった。

◆

——夢を、見ていた。

彼がまだ〈不死者の魔王〉と呼ばれる以前。人間の少年だった頃の夢を。

その日、彼は邪竜退治の使命を帯びて、悪名高い〈魔竜山脈〉に赴いていた。

轟(とどろ)く雷鳴の中、激戦の末、みごと邪竜を討ち果たした彼の前に、それは現れた。

乱雲の中を悠然と飛翔(ひしょう)する、真紅のドラゴン。

それは、力を使い果たした少年にとって、死を意味するものだった。

だが、そのドラゴンを見た少年は、ただ、こう思った。

(なんて……美しい、竜なんだ……)

ドラゴンは、満身創痍(そうい)で倒れた少年の前に降り立つと、ゆっくりと顎門(あぎと)を開いた。

——彼は死を覚悟した。同時に、こうも思った。

こんな美しい竜に殺されるのならば、それも悪くない、と。

しかし、死を前にして、恐怖を抱かぬその少年を奇妙に思ったのか、あるいはただの気まぐれか、ドラゴンはなにもせず、そのまま飛び去ったのだった。

それは、〈魔竜山脈〉最強の竜であると、あとで師に教わった。

……思えば、それが幼い少年にとっての、初恋だったのかもしれない。

それは、彼女がまだ、〈魔王〉になる以前の話だ。

――彼女は、覚えていないだろうが。

◆

「……ん、う……」

眩い夜明けの光で、レオニスは目を覚ました。

強い光で目覚めてしまうのは、不死者の肉体であった頃の名残だろう。

(……まったく、不便なものだ。人間の肉体というものは)

レオニスは胸中でそんな不満を呟いた。

睡眠を取らなくては、どうしても疲労が蓄積してしまう。

(……それに、夢などという余計なものも見る)

海上を飛び続けて、四十八時間。

水平線の向こうに上る陽を見るのは、もう三度目だ。

風は結界で防いでいるし、影を張り付けているため、振り落とされることはないが、ドラゴンの背中は、眠るのにあまり快適なものとはいえない。

レオニスはごつごつした鱗の上で、ゆっくりと身を起こした。

（――シャーリは、うまくやっているだろうか）

〈ログナス三勇士〉を〈第〇七戦術都市〉に配置している以上、長時間の身代わりを頼めるのは、シャーリしかいなかった。

レギーナのお菓子を堂々と食べられると、わりと喜んでいたが。

（さすがに、まだ正体はバレていないと思うが……）

……そこはかとなく不安である。

「レオ、起きた――？」

と、ヴェイラが竜語で話しかけてきた。

「ああ。昔の夢を見ていた」

「……夢？」

「お前を、初めて見た時の夢だ」

「〈魔王軍〉の結成式典だったわね。〈女神〉の祭壇の前で、〈六魔王〉が――」

「――いや、違う」

「……？　その前……？」

「覚えていないのなら、べつにいい」

「なによ、それ。ほら、もうすぐよ――」

「ああ……」

ヴェイラの背の上で、レオニスは立ち上がった。

水平線の彼方に、迫り来る巨大な陸地が見えた。

否、陸地ではない。あれは――

「――レオ、準備はいいわね」

と、ヴェイラが不敵に笑った。

「無論だ。ここならば、人目を気にせず思い切り戦えるな」

レオニスは〈影の王国〉から、〈封罪の魔杖〉を召喚しその手に握る。

オオオオオオオオオオオオオオオッ！

ヴェイラが、会戦を告げる鬨の声を上げた。

◆

それは――

海そのものが意思を持ち、この世の全てを呑み尽くさんとしているようだった。

その体長は、〈戦術都市〉の連結フロートにも匹敵する巨大さだ。

巨大な蛸のような触手を蠢かし、ゆっくりと接近してくる。

古代世界の船団を、一夜にして呑み込んだ、破滅の災厄。

「――リヴァイズ・ディープ・シー」

レオニスは、ある種の畏敬を以て、その〈魔王〉の名を呟いた。

ヴェイラが旋回しつつ、海を進むその巨大な影に接近する。

〈海王〉は当然、こちらに気付いているだろうが、なにをしてくるでもないようだ。

「――様子見か？　では、こちらから挨拶させてもらうぞ」

〈封罪の魔杖〉に魔力を収斂し、呪文を唱える。

「〈炎系統〉第八階梯魔術――〈極大消滅火球〉！」

ズオオオオオオオオオオオオオオオオオオオンッ！

直撃。挨拶代わりに放たれた破壊の魔術が、〈海王〉の体表で炸裂する。

轟音と共に噴き上がる巨大な火柱。

――だが、〈海王〉の様子に変化はない。ただ前進を続けるのみだ。

「まったく効いていないわね」

「馬鹿な、防御魔術を発動した気配もないぞ」

魔術の直撃した場所は、広範囲に炭化していた。

しかし、その破壊のあとは、みるみるうちに再生してしまう。

「これではキリがないな。ヴェイラ、飽和攻撃をかけるぞ――！」

頷き返すかわりに、ヴェイラは咆哮した。

〈海王〉の真上から一気に急降下し、灼熱の竜の吐息を一直線に放つ。

紅蓮の炎が海の上で荒れ狂った。

「闇よ、我が敵を無に帰せ——第十階梯破壊魔術〈闇獄爆裂光〉！」

ドオオオオオオオオオオオオンッ！

「——〈爆裂閃乱砲〉！」

最強クラスの破壊魔術に加え、更に爆裂系呪文を連続で見舞う。

噴き上がる爆煙で〈海王〉の姿は見えない。

「再生を許すな、ありったけぶち込め！」

「わかってるわよ——」

ヴェイラは一気に急上昇し、竜語魔術を唱える。

「滅びの焔、世界の終末を告げる、愚者よ、我が咆哮を聞け——！」

——〈覇竜魔光烈砲〉。

眩く輝く熱閃が世界を白く塗り潰し——

ズオオオオオオオオオオオオオンッ！

吹き荒れる爆風。凄まじい熱風が、レオニスの肌をあぶる。

海が一瞬で煮えたぎり、白い蒸気があたりを覆う。

「ふん、これで——」

ザシュンッ――！

放たれた水刃が、ヴェイラの片翼を斬り裂いた。

「ヴェイラ!?」

「……っ、平気よ！　鱗(うろこ)にしっかり掴(つか)まってなさい！」

〈海王〉の触手による、魔術の一斉掃射。

連続して放たれる水刃を、ヴェイラは急旋回しつつ回避する。

魔力を帯びた水刃は、第六階梯魔術――〈海魔閃斬(シャリア・シェイズ)〉だ。ドラゴンの鱗は、ほぼすべての魔術を無効化するが、物理的な斬撃のほうは完全には防げない。

レオニスは振り落とされまいと必死に影にしがみつくが、急上昇と急降下、急旋回を繰り返す飛行軌道に、三半規管が悲鳴を上げる。

「ぬ、おおおおおおおおおおお！」

「レオ、反撃しなさいよ！」

「……っ、無茶言うな！」

魔術を付与しているとはいえ、この肉体は所詮、十歳の子供のものなのだ。

ブラッカスの黒炎を纏(まと)えば肉体を強化することができるが、〈影の王国(レルム・オヴ・シャドウ)〉の王子は万全の状態ではないため、〈帝都〉の守護にあたらせている。

ガラスのような水刃が、赤竜の鱗をかすめた。

剥がれた竜鱗が虚空に舞い、炎の花弁となって消えてゆく。

「……っ、舐めるなあああああっ！」

ヴェイラが咆哮した。首を大きく振り、熱閃を真一文字に吐く。

焼き切れた〈海王〉の触手が次々と海に落下し、盛大な水柱を上げた。

──だが。その切断面はすぐに再生してしまう。

「このままじゃ、埒が明かない！　行くわよ──！」

「突撃する気か⁉」

「ええ、一気に──心臓を抉ってやる！」

翼を広げ、真っ直ぐに突っ込むヴェイラ。

颪が轟々と唸りを上げ、巨大な〈海王〉の本体がぐんぐん迫り来る。

レオニスは覚悟を決めた。

（──無謀だが、実際、懐に飛び込まねば、勝ち目はないな）

片方の手で〈封罪の魔杖〉を掲げ、呪文を連続詠唱。

爆裂系統、第三階梯魔術〈爆裂咒弾〉による弾幕を張る。

連続する爆音と閃光の中、急降下する真紅のドラゴン。

（──〈天空城〉は現れない、か）

影の中に身を伏せつつ、レオニスは周囲に視線を配る。

すでに戦端は開かれた。しかし、もう一人の敵は未だ姿を現す気配はない。

(……様子見をしているのか?)

あるいは、未知の敵であるレオニスの力を測りかね、警戒しているのか。

なんにせよ、援軍の現れぬうちに〈海王〉を叩(たた)くべきだろう。

巨大な〈海王〉の体表を、竜の爪が抉りながら滑走した。

レオニスはヴェイラの背から跳躍し、〈海王〉の本体に降り立った。

瞬間。〈海王〉の体表から無数の触手が生まれ、レオニスめがけて襲いかかる。

「凍(い)て付(つ)く死、影の刃(やいば)よ――〈死蝶乱舞(シャヅエ・レフイスカ)〉!」

レオニスは、〈封罪の魔杖〉を横薙(な)ぎに振るった。

縦横無尽に放たれた影の刃が、音もなく触手を斬り飛ばす。

即座にヴェイラが炎の吐息(ブレス)を吐き、再生をはじめる触手を消し炭に変えてゆく。

「出(い)でよ――〈ゾルグスター・メゼキス〉」

レオニスは魔杖を掲げ、頭上に召喚の魔術法陣を展開した。

虚空より出現する、無数の剣の切っ先。

ヴェイラと戦った際に砕け散った〈魔王殺しの武器(ジ・アークセブンス)〉――〈ゾルグスター・メゼキス〉の欠片(かけら)を溶かし、魔術で鍛造し直した代物だ。

〈魔王殺しの武器〉の劣化量産品。

量産品とはいえ、〈光の神々〉の生み出した、対魔王特化の武器である。
レオニスが腕を振り下ろす。
ザンッ、ザンッザンッザンッザンッザンッ――！
禍々しく輝く十三本の刃が、次々と〈海王〉の肉体に突き立った。
「黒き雷よ、我が敵どもを討て――〈魔嵐烈雷〉！」
雷撃系、第八階梯魔術。
漆黒の稲妻がほとばしり、〈ゾルグスター・メゼキス〉に降りそそぐ。
「――〈竜雷滅閃〉！」
間髪入れず、ヴェイラが雷撃系の竜語魔術を放った。
荒れ狂う漆黒の稲妻と、白銀の雷光。
無数の雷光球が激しい音をたてて爆ぜる。
と――
……オ、オオオオオオオオオオオオオ……ン……！
唸るような声が、水平線に響き渡った。
まるで、海そのものが鳴いているような声。
断末魔の悲鳴ではない。それは雄叫びだ。敵を威嚇する、獣の咆哮。
「来るぞ」

「ええ――」

レオニスの発した警告の声に、ヴェイラが喉の奥で唸る。

彼女もわかっている。最強の〈魔王〉が、完全に目を覚ましたのだ。

◆

巨大な島のごとき肉塊が、激しく脈動し、禍々しい触手の蕾(つぼみ)が生まれた。

その蕾がするするとほどけ、おぞましい華を咲かせる。

その華の中心に――一人の少女が立っていた。

碧(あお)く、深海の底を思わせるような絶対零度の瞳。

魔力を帯びてほのかに輝く、透き通った紫水晶(アメジスト)の髪。

「ようやく、お出ましか……」

呟(つぶや)いて、レオニスは不敵に笑った。

〈海王〉――リヴァイズ・ディープ・シー、その本来の姿。

否。本来の、という言い方は適切ではあるまい。

海妖精族(シー・スプライト)の少女と、巨大な大海獣(リヴァイアサン)。

すべてを貪り喰(く)らう大海獣は最強の生命体ではあるが、知性はほとんどない。一方、海妖精族は高い知性と魔力を誇るが、肉体的には脆弱だ。

この二つの存在が揃ってこそ、〈海王〉は最強の〈魔王〉と呼ばれるのだ。

「〈竜王〉……と、人間の子供？」

紫水晶の髪の妖精、リヴァイズが、レオニスを見て眉をひそめた。

「――汝は、何者だ？」

「教える義理はないな――〈極大消滅火球〉！」

問答無用とばかりに、レオニスは炎系統最強の第八階梯魔術を放った。

巨大な火球が螺旋を描き、触手の華ごとリヴァイズを呑み込んだ。

――が、

「剣の冬よ、凍て付く魔氷の刃よ――〈氷烈連斬〉！」

「……っ!?」

唄うような詠唱の声と共に――

炎が一瞬で掻き消え、氷刃荒れ狂う嵐が押し寄せる――！

「レオ！」

ヴェイラが、レオニスを庇うように前に出た。

オオオオオオオオオオオッ！

真紅の鱗が赤く灼熱化し、降りそそぐ氷刃を蒸発させてゆく。

「――レオ、乗りなさい！」

レオニスは即座に、ヴェイラの背に跳び乗った。

鳴動する大海獣(リヴァイアサン)の巨体を蹴って、一気に空へ飛翔(ひしょう)する。

「あの小娘に、この〈竜王〉の最強呪文をお見舞いしてやるわ！」

「まて、海の様子がおかしい――」

リヴァイズが、両手を天に差し伸べ、妖精語の歌を唄っている。

――と。その歌声に応えるように――

天を貫くような巨大な水の竜巻が、幾本も出現した。

「なっ!?」

無論、ただの竜巻ではない。その一つ一つが莫大な魔力を帯びている。

――そして、次の瞬間。

水の竜巻が、獲物を狩るが如(ごと)く一斉に迫って来た。

「――〈極大消滅火球〉！」

迫り来る竜巻めがけ、レオニスは呪文を放った。

――が、紅蓮(ぐれん)の炎は爆発を引き起こすことなく、竜巻に吸収されてしまう。

「……っ、なんだと!?」

「……っ、レオ、掴(つか)まってなさい！」

ヴェイラが翼を広げ、旋回しつつ竜巻を回避。

だが、見た目以上に攻撃範囲(レンジ)の広い水の刃(やいば)は、ヴェイラの翼を容赦なく斬り裂く。

(……っ、触れただけで、ドラゴンの翼を斬り裂くか!?)

あの竜巻は、〈海王〉の莫大な魔力を具象化する、固有の魔術なのだろう。あれに呑(の)み込(こ)まれれば、ヴェイラはともかく、レオニスのほうは無事では済むまい。

眼下に目をやれば、リヴァイズは歌による詠唱を続けている。

海がうねり、水の竜巻はどんどんその数を増やしてゆく。

(〈魔剣〉が使えれば、〈大海獣(リヴァイアサン)〉ごと吹き飛ばせるが——)

〈ダーインスレイヴ〉は、女神の契約により、〈魔王〉に対して使うことはできない。

(あるいは、極大級の広域破壊魔術であれば、奴(やつ)にも有効だろうが……)

リヴァイズは、呪文詠唱を隙を見逃しはしないだろう。

〈魔剣〉は封印され、〈魔術〉は切り札たりえない。

(手詰まり、か——)

否、〈魔剣〉でも〈魔術〉でもない力が、今のレオニスにはある。

問題は、その力を呼び起こせるかどうか——

ヴェイラが、迫り来る水の竜巻の合間をかいくぐって飛ぶ。

水の刃が、レオニスの頭上を通り過ぎていった。

「……っ、まずいわね、包囲されてる」

ヴェイラの口から、余裕の色が消えつつあった。

高い対魔術特性と強靱なドラゴンの肉体を持つヴェイラであれば、あの竜巻の中を強行突破して、包囲を脱することはそう難しくはあるまい。しかし、彼女はレオニスの肉体が脆弱(ぜいじゃく)であることを知っているため、その手段を取れずにいるようだ。

（あまり、分のいい賭けではない、が——）

レオニスは決断する。

なんにせよ、この状況を打破するには、あの未知の力に賭けるしかあるまい。

手にした〈封罪の魔杖(まじょう)〉を、影の中に投げ入れた。

「……レオ？」

「ヴェイラ、少し時間を稼いでくれ」

「勝てる算段があるのね？」

「……算段はない。だが、賭ける価値はある」

「そう、賭けるのは好きよ」

ヴェイラが余裕の笑みを浮かべた、ような気がした。

ヴェイラの巨躯(きょく)が赤い魔力に包まれた。

四方八方より迫る竜巻を、アクロバティックな軌道で回避する。

レオニスは、脚を影に固定し、ゆっくりと立ち上がった。

目を閉じて、集中する。どのみち、命はヴェイラに預けているようなものだ。目を開けていてもしかたあるまい。

手を組み合わせて、右手にその形状をイメージする。

〈聖剣〉――シャダルク・ヴォイド・ロードを倒した、あの武器を。

『頭の中で、イメージするの。その〈聖剣〉の形状と、それを手にした自分の姿を重ね合わせて、えいやっていう感じね！』

脳裏に、一生懸命に説明する眷属の顔が思い浮かび、思わず苦笑する。

（イメージ、か……）

あの時、顕現した〈聖剣〉は、一〇〇〇前には存在しなかった武器だった。

レギーナの〈聖剣〉とも違う。片手で扱う、拳銃。

初めてその武器を見たのは、リーセリアと出会った地下霊廟だ。

白銀の髪をなびかせた、後ろ姿。脆弱な人間の身でありながら、偶然出会っただけのレオニスを守るため、〈ヴォイド〉に立ち向かった少女。

その手に握っていたのが、〈聖剣〉を模して造られた、量産型の武器だった。

その武器をイメージして、右手を上げる。

（シャダルクと戦ったあの時、俺は心の底から、力を求めていた――）

リーセリア・クリスタリアを救うための力を――！

「――〈聖剣起動(アクティベート)〉！」

叫んだ、その瞬間。突き出した手の中に、なにかが生まれる感覚があった。

眩(まばゆ)い光の粒子が収束し、〈聖剣〉が呼び出される。

（……っ、成功……した）

ずしり、と重たい感触。以前に顕現した時と同じ形状だ。

青く輝く光の文字が、銃身に刻まれてゆく。

現れたその銘は、〈聖剣〉――〈EXCALIBUR.XX(エクスキャリバー・ダブルイクス)〉。

（ダブルイクス……二つの契約、か？）

――一体誰との、そして、何との契約なのか？

何か、意味のある銘なのか、それは不明だが――

なんにせよ、レオニスは、〈聖剣〉の現れた右手に、左手を添えた。

照準を眼下のリヴァイズ・ディープ・シーへ。

「――ヴェイラ！」

叫ぶ。ヴェイラはレオニスの意を汲み、急降下。水の竜巻の交差する間隙をくぐり抜け、〈大海獣(リヴァイアサン)〉の中心にいるリヴァイズに接近する。

銃身の一点に、レオニスの全身の魔力が集中する。

〈聖剣〉を手にしたレオニスの姿になにかを感じたのか、リヴァイズが眼を見開く。

「――〈海王〉よ、我が身に宿りし〈聖剣〉の力、受けてみるがいい！」

ズオオオオオオオオオオオオオオオンッ！

解き放たれる、視界を塗り潰すような、真っ白な魔力の光。

〈大海獣〉の巨大な胴体に、火山の火口のような大穴が空いた。

沸騰する血が溶岩のように溢れ、周囲の海へ流れ込む。

「はあっ、はあっ……は、あ……」

海妖精族の少女の姿は、視界から消えていた。

轟々と渦巻く水の竜巻が、次々と崩壊をはじめる。

「……やったわね。レオ……って、なによ今のは――」

「――いや、まだだ」

眼下の大穴を見下ろしつつ、レオニスは首を振った。

あの一瞬で、レオニスの〈聖剣〉の力を察したリヴァイズは、〈大海獣〉の中へ退避したのだろう。無論、無傷ではあるまいが――

ヴェイラが〈大海獣〉の上に降り立った。

襲い来る触手を無造作に引き裂き、乱暴に噛みちぎる。

「回復されると厄介だ。今のうちに奴を――」

——と、その時。

ザバアアアアアアアアッ！

周囲の海から、なにか巨大な影が姿を現した。

それは——水で形作られた、四体の竜だ。

「シー・ドラゴン⁉」

「違う。あれは〈海王〉の眷属(けんぞく)だ」

〈海王〉の拠点である、〈海底大要塞〉を守護する、〈原初の精霊(ワイルド・エレメンタル)〉。

それぞれの脅威度は、たしか〈光の神々(ルミナス・パワーズ)〉の従属神クラス。〈第〇七戦術都市(セヴンス・アサルト・ガーデン)〉戦った〈桜蘭(おうらん)〉の守護神、〈雷神鬼〉ほどの力だろう。

「面倒だな——」

先ほどの一撃で、レオニスの魔力はかなり消耗している。

「ここはあたしがまとめて引き受けてあげるわ。あんたはリヴァイズを追って」

「……よかろう」

レオニスは頷(うなず)くと、穿(うが)たれた大穴の中へ身を投じた。

◆

巨大な〈大海獣(リヴァイアサン)〉の体内は、不気味に鳴動していた。

重力の魔術を展開しつつ、レオニスはゆっくりと降下する。

(……しかし、やはり制御が困難だな、この〈聖剣〉というものは)

シャダルクに使った時は、無意識の内にすべての魔力を込めてしまったが、先ほどの一撃はある程度、制御したはずだった。それでも、肉体が悲鳴をあげている。

〈聖剣学院〉の教官は、〈聖剣〉を使うと魂の力を消耗する、と言っていた。

魂の力、などという曖昧な表現なのは、実際のところ、〈聖剣〉の正体が何なのか、人類も理解してはいないのだろう。

〈EXCALIBUR.XX(エクスキャリバー・ダブルイクス)〉は、魔力を撃ち出す〈聖剣〉のようだが、消耗しているのは魔力だけではないようだ。それが、魂なのか、あるいは精神力なのかは不明だが。

(皮肉なものだ。魂を失い、不死者(アンデッド)となった俺が、そんな武器に頼るとは——)

穿った穴の底に到達した。肉の焼け焦げたような匂いが鼻をつく。

「〈聖剣〉——人類が虚無と戦うための武器」

と、聞こえてきたその声に、レオニスは足を止めた。

薄闇の中、紫水晶(アメジスト)の髪の少女が、無表情にこちらを見ていた。

水の羽衣は剥がれかけ、満身創痍(そうい)といった様相だ。

「汝(なんじ)は、何だ？　人間——なのか？」

レオニスは応えずに、一歩前進する。

「〈海王〉よ。貴様こそ、なぜ復活した？　貴様の背後にいるのは何者だ」

「質問をしているのは我だ、不遜な人間よ——！」

刹那。眼前に銀光が閃いた。

間一髪、レオニスは反応して回避するが——

「……っ⁉」

肩口を浅く斬られ、血が噴き出した。

（……っ、これは、あの羽衣か⁉）

少女の纏う水の羽衣が、透明な刃となって撃ち込まれたのだ。

「ちっ——」

レオニスは即座に〈聖剣〉を連射。水の刃を破壊しつつ、後方へ跳躍する。

（リヴァイズは、近接戦闘は苦手としていたはずだが——）

肩で息を吐きながら、うめく。

……やはり、消耗が予想以上に激しい。

（だが、奴が俺の〈聖剣〉を警戒しているのは間違いない）

つまり、この〈聖剣〉は、海王を倒し得る武器——ということだ。

リヴァイズが腕を振った。水の羽衣が、不可視の刃となって撃ち出される。

レオニスは再び銃を連射。空中で閃光(せんこう)が弾(はじ)ける。

（——水の刃が、奴を守った!?）

あの羽衣は、装備者の意思に関係なく、自動的に主(あるじ)を守る性質があるようだ。

リーセリアの〈誓約の魔血剣(ブラッディ・ソード)〉と似た性質の魔装具なのだろう。

「——ならば、手数を増やそう」

レオニスは固有魔術〈不死者の軍団作成(クリエイト・アンデッド・アーミー)〉を唱えた。

エリート・スケルトン・ウォーリア、エリート・スケルトン・ナイト、エリート・スケルトン・アサシン、エリート・スケルトン・ハウンド。

展開した魔術法陣の中から、無数のアンデッドの兵団を召喚する。

「——愚か。我にそのような雑兵を差し向けたところで無為なこと——！」

撃ち出された水の刃が、スケルトン兵を纏めて破砕した。

砕け散る無数の骨。だが、それこそがレオニスの狙いだ。

「だが、貴様の水の羽衣は、その雑兵すべてに反応せざるを得まい？」

〈聖剣〉を乱射しつつ、レオニスはリヴァイズめがけて接近する。

「……な……に!?」

スケルトン共が、実際にただの雑兵であれば、水の羽衣は脅威として反応しなかったかもしれない。

だが、レオニスが召喚したのは、〈ログナス三勇士〉には劣るものの、最精鋭のアンデッド兵達だ。その全てに、〈魔王殺しの武器〉の量産品を装備させている。

量産品とはいえ、すでに満身創痍のリヴァイズに、ダメージを与えるには十分だ。

目標を自動的に攻撃する、魔装具の性質が仇となった。

水の刃は、スケルトン兵をレオニスと同等の脅威とみなし、迎撃する。

水の刃がレオニスの首をかすめた。

だが、レオニスは止まらない。地面を蹴って加速する。

「おおおおおおおおおおおおっ！」

発砲。発砲。発砲。ろくに照準もつけぬまま、魔力の弾丸を撃ち込む。

砕け散る水の刃。弾ける閃光。スケルトン兵を骨の盾にしつつ、リヴァイズ・ディープ・シーの防御を徐々に剥がしていく。

〈〈海王〉よ、かつての貴様はたしかに最強の〈魔王〉の一角であっただろう〉

地を這うように駆けつつ、レオニスは嗤う。

〈──だが、その称号はすでに過去のもの〉

〈不死者の魔王〉──レオニス・デス・マグナスは、敗北を繰り返した。

故にこそ、自身の弱点を熟知し、克服してきたのだ。

〈貴様は絶対的な〈大海獣〉の力に驕り、進化することを怠った──〉

「……っ、第八階梯(かいてい)魔術――〈水神烈破砲(アルグ・ヴァルヘイズ)〉！」

リヴァイズが、至近距離で魔術を唱えた。

すべてを斬り裂く水の大渦が、レオニスの全身を穿(うが)つ。

――だが。

斬り裂かれた制服の下で、真紅の炎が燃え上がった。

赤く輝く竜の鱗(うろこ)が、第八階梯魔術を弾く――！

最高の対魔術特性を有する、〈竜王〉――ヴェイラ・ドラゴン・ロードの〈竜鱗(りゅうりん)〉。

空中で剥がれ落ちた一枚を、制服の下に仕込んでいたのだ。

「……っ!?」

〈海王〉が目を見開く。――その様こそ、見物だった。

「その驕りこそが貴様の敗因だ、〈海王〉よ！」

〈聖剣〉――〈EXCALIBUR.XX(エクスキャリバー・ダブルイクス)〉に最後の魔力を込め、解き放った。

◆

上に舞い戻ると、ヴェイラが〈原初の精霊(ワイルド・エレメンタル)〉の喉笛を喰(く)いちぎるところだった。

水竜の姿をした精霊は、断末魔の咆哮(ほうこう)と共に消滅する。

……一応、加勢するつもりだったが、その必要はなかったようだ。

レオニスに気付いたヴェイラは、勝ち誇るように唸り声を上げた。

「レオ、リヴァイズは倒したの？」

「ああ、完全に滅ぼすことはできなかったが、しばらく身動きは取れまい」

と、肩をすくめて応えるレオニス。

もとより、とどめを刺す気はなかった。

〈海王〉の背後にいる者の存在を、聞き出さねばなるまい。

リヴァイズが倒されたことにより、〈大海獣〉も動きを止めた。こちらも放置していい存在ではないが、いま下手に攻撃して、暴走されでもしたら厄介だ。

——と、その時。

……ピシリ、とガラスのひび割れるような音がした。

レオニスは上を見上げた。

……ピシッ……ピシッ——ピシピシッ、ピシピシピシッ……！

空の虚空に、巨大な亀裂が走る。

「……っ、レオ、あれは——!?」

「ようやく、お出ましのようだな」

レオニスは不敵に呟いた。

虚空の裂け目から姿を現したのは――

巨大な紺碧(こんぺき)の遺跡であった。

〈天空城(アズール・フォート)〉――〈竜王〉ヴェイラ・ドラゴン・ロードの居城たる、空中要塞。

そして、裂け目から現れたのは、遺跡だけではなかった。

巨大な〈天空城(アズール・フォート)〉を従えるように、一人の人影が宙に浮かんでいた。

白髪交じりの壮年の男。鷹のように鋭い目で、眼下の二人を見下ろしている。

「レオ、あいつよ――」

と、ヴェイラが警戒した声で言う。

「……」

だが、レオニスは眼(め)を見開いたまま、呆然(ぼうぜん)と空を見上げていた。

その男の姿には、見覚えがあった。

〈第〇三戦術都市(サード・アサルト・ガーデン)〉で、リーセリアの屋敷を訪れたときに、見たことがある。

(馬鹿な、なぜ……なぜ、あの男がここにいる……?)

クリスタリア公爵――エドワルド・レイ・クリスタリア。

その男は、リーセリアの父親の姿をしていた。

あとがき

お待たせいたしました。『聖剣学院の魔剣使い』7巻をお届けします！

今巻のエピソードから、物語はいよいよ〈帝都編〉へ。

6巻までは、各キャラの動機を紹介する個別シナリオでしたが、この巻以降、これまでの個々のシナリオがひとつに収斂し、多くの謎が明かされていきます。各地で古代の魔王や英雄を復活させようとしている、〈女神〉の使徒の目的、そして、〈聖剣剣舞祭〉の裏で進行する陰謀など、物語はどんどん盛り上がっていくので、どうかお楽しみに！


謝辞です。今回もスーパーエクセレントなイラストを描いて下さった、遠坂あさぎ先生、本当にありがとうございました！　どのイラストも本当に素晴らしいのですが、圧巻はポスター風口絵のバニーヒロインですね。じつは7巻の小説本編にはヒロインたちがバニー姿になるシーンはないのですが、作者が編集さんに土下座して、「見たいよおおおお、遠坂あさぎ先生の描いたバニーガールヒロインが見たいよおおおお、おぎゃあああああ、おんぎゃああああああああああああ、あぎゃああああああ！」と床を転がり泣きわめいた甲斐もあり、斯様な素晴らしいイラストを描いていただくことができました。この作者、ヤバイ奴やな……と思われたかも知れませんが、悔いは無い。

コミックを担当してくださっている蛍幻飛鳥先生、毎号ハイクオリティな漫画を描いてくださって、本当にありがとうございます。シャーリが表紙の単行本3巻は小説7巻と同月発売なので、ぜひぜひお手に取って読んで頂ければと思います。おまけの書き下ろしの短編SSも付いてます！

担当様、校正様、今回も大変ご迷惑をおかけしました。いつも感謝しております。

そして、最大の感謝は読者の皆様に！

第1巻の発売から、ちょうど二年の月日がたちました。ずっと変わらぬ応援、本当にありがとうございます。3月にはサイン会を開催させて頂きました。オンライン上ではありましたが、読者の方に感謝の言葉を伝えることができて、嬉しかったです。これからも、いろいろな企画を盛りだくさんで用意しているので、どうかお楽しみに！

さて、次回は、いよいよ〈聖剣剣舞祭〉が始まります。レオニスはリーセリアたちのもとに戻ることができるのか。そして、最後に出て来たあの人は、一体……？

乞うご期待！

二〇二一年　四月　志瑞祐

聖剣学院の魔剣使い
Demon's Sword Master of Excalibur School
月刊少年エースで大好評連載中!
原作 | 志瑞 祐
漫画 | 蛍幻飛鳥
キャラクター原案 | 遠坂あさぎ
コミック最新第3巻
2021年5月26日発売!
角川コミックス・エース

MF文庫J

聖剣学院の魔剣使い 7

2021 年 5 月 25 日　初版発行

著者　志瑞祐

発行者　青柳昌行

発行　株式会社 KADOKAWA
〒 102-8177 東京都千代田区富士見 2-13-3
0570-002-301（ナビダイヤル）

印刷　株式会社廣済堂

製本　株式会社廣済堂

Printed in Japan　ISBN 978-4-04-680443-3 C0193

●お問い合わせ（メディアファクトリー ブランド）
https://www.kadokawa.co.jp/（「お問い合わせ」へお進みください）
※内容によっては、お答えできない場合があります。
※サポートは日本国内のみとさせていただきます。
※Japanese text only

◇◇◇

【 ファンレター、作品のご感想をお待ちしています 】
〒102-0071 東京都千代田区富士見2-13-12
株式会社KADOKAWA　MF文庫J編集部気付「志瑞祐先生」係「遠坂あさぎ先生」係